Begegnungen

30 Kurzgeschichten

2. Auflage
© 2002 Deutsche Seniorenliga e.V.
Umschlagentwurf: Karin Kusmierz
Druck: Books on Demand GmbH
ISBN 3-8311-3062-0

Grußwort des Ministerpräsidenten des Landes Nordrhein-Westfalen

Der Wettbewerb ›Schreiben Sie Geschichte(n)!‹ reiht sich ein in die Aktivitäten der Deutschen Seniorenliga zur Verbesserung der Medienkompetenz älterer Internet-Nutzer. Das Internet als weltweit verfügbare Bibliothek, die Nutzbarmachung des gesamten sprachlich und bildlich ausdrückbaren und ausdruckbaren Wissens im Internet: Diese Möglichkeiten der neuen Informationstechnologien werden von vielen Bürgerinnen und Bürgern bereits genutzt. Doch nicht zuletzt in der älteren Generation gibt es noch Unsicherheiten über den Zugang und die Anwendungsmöglichkeiten des Internet. Ich bin davon überzeugt, dass der Autorenwettbewerb dazu beiträgt, älteren Mitbürgern den Anschluss an die Entwicklung der modernen Kommunikationstechniken zu ermöglichen. Ganz besonders freue ich mich, dass das aus den Wettbewerbsbeiträgen zusammengestellte Buch über den elektronischen Buchhandel vertrieben wird und der Erlös dem Kölner Verein ›Neues Wohnen im Alter‹ zukommt. Ich wünsche Ihnen beim Lesen viel Vergnügen.

Herzlich Ihr

Wolfgang Clement
Ministerpräsident des Landes Nordrhein-Westfalen

Inhaltsverzeichnis

Einmal im Monat

von Isolde Ahr

Kurzvita: geb. in Köln, lebe dort, schreibe Lyrik und Kurzprosa, Veröffent - lichungen in vielen Anthologien in Deutschland, Italien und der Schweiz sowie im WDR und Lokalfunk Köln. *Zwei internationale Literaturpreise, Einzelveröffentlichungen:»Trau dich Frau!« und »zufrieden und zerris - sen«, beide ferber-verlag, Köln.*

Wenn er das Restaurant betrat, konnte er an dem großen Pfeiler vor- bei in die kleine Nische sehen, wo sie saß. Wie sehr ersehnte er die- sen Augenblick.

So war es auch gewesen, als sie sich hier kennen gelernt hatten. Sie hatte an dem runden Tisch vor dem Fenster gesessen und geschrie- ben. Ihr goldblondes Haar leuchtete. Sie trug einen hochgeschlos- senen Pullover und einen engen, langen Rock. Der Schlitz ihres Rocks ließ wohlgeformte Beine sehen, die sie eng aneinander, schräg zur Seite, gebeugt hatte. Außer einem Ehering trug sie keinen Schmuck.

Während sie schrieb, hörte er ab und zu einen kleinen Gluckser, als ob sie nur mühsam ein Lachen unterdrücken könnte. Er sprach sie an und fragte, was sie denn so amüsiere. Sie hatte auf das Blatt vor sich gedeutet, aber als er aufstand und zu ihr herüberkam, hatte sie es schnell gefaltet und in einen kleinen Rucksack gesteckt. Sie hatte eingewilligt, mit ihm einen Kaffee zu trinken.

So hatte alles angefangen. Waren es tatsächlich schon elf Monate her, dass sie sich hier trafen – einmal im Monat? Sein Leben hatte er längst so geplant, dass niemals eines dieser Treffen ausfiel. Er brauchte sie und genoss es, wenn sie sich heimlich trafen.

Stets war sie vor ihm da. Sie schien dort zu sitzen, als ob er gera- de gegangen wäre. Immer trug sie dunkle Kleidung und ein farben- prächtiges Tuch um die Schultern. So saß sie da, wenn er kam, und sie blieb sitzen, wenn er ging. Sie wollte stets, dass er zuerst das Restaurant verließ.

Wenn sie hier aßen, wurden die Speisen oft kalt, es gab Wichtigeres. Die Stunden, die sie füreinander Zeit hatten, vergingen viel zu schnell. Sobald der Wirt mit der Rechnung kam, erwachten sie beide wie aus einem Traum.

Sie legte Wert darauf, dass sie für sich selbst bezahlte. Nie ließ sie sich von ihm einladen, nicht einmal zu einer Tasse Kaffee. Eine merkwürdige und faszinierende Frau. Sie telefonierte nie mit ihm und auch er durfte sie nicht anrufen.

Mit ihr konnte er über alles sprechen, was ihn bedrückte. Sie hörte geduldig zu. Niemals aber sagte sie ihm, was er tun solle oder was sie getan hätte. Der Ärger der vergangenen vier Wochen wurde kleiner, wenn er ihn ihr erzählen konnte, einmal im Monat. Die Kollegen waren plötzlich nicht mehr so neidisch, die Kinder quengelten nicht mehr so laut und auch seine Frau nervte ihn nicht mehr so sehr, wenn er mit ihr darüber sprach.

Ging er nach diesen monatlichen Treffen nach Hause, war er guter Laune und sehr aufgeräumt. Er musste sich zusammennehmen, damit zu Hause keiner etwas bemerkte. Aber sollte er deshalb ein schlechtes Gewissen haben?

Dann sah auch sie ihn und ihr Herz schlug schneller. Wie jungenhaft er aussah! Groß war er und sehr schlank. Sein dunkles, dichtes Haar fiel ihm in die Stirn. Wurde er nervös, dann strich er sich eine vorwitzige Locke nach hinten.

Wenn er kam, wurde ihr bewusst, dass er gerade so alt war wie ihr Sohn. Sie sprachen nicht darüber und ihr war es auch nicht wichtig. Sie blickte ihm etwas distanziert entgegen, so, als wäre sie plötzlich unsicher. Sie reichte ihm die Hand. Sie zitterte und hatte Angst, dass er es spüren würde. »Vorsicht, verliebe dich nicht! Sei vorsichtig! Halte Distanz, lass dich nur nicht fallen!«, dachte sie.

Er küsste sie sanft. Ihr schlechtes Gewissen meldete sich. Zu oft schloss sie ihn in ihre Träume ein. Sie wusste, dass sie mit dem Feuer spielte und war oft nahe daran, ihrem Mann zu erzählen, wo sie einmal im Monat war – mit wem sie den Abend verbrachte.

Andererseits taten sie doch nichts Böses.

Sie aßen zusammen und redeten und lachten. Sie brauchte diese Treffen, brauchte ihn. Mit ihm fühlte sie sich jung, leicht und unbeschwert. Sie genoss die Stunden mit ihm, aber sie vergingen viel zu schnell.

Sie sah, dass der Wirt auf die Uhr schaute. Jetzt würde er gleich kommen, das war so abgesprochen. Er würde die Rechnungen bringen, eine für ihn und eine für sie, wie üblich.

Erschreckt stand der junge Mann auf. Er wäre gerne noch geblieben, aber sie hatten eine Abmachung getroffen und sie ließ nicht mit sich handeln. Er hatte in den vergangenen Monaten mehrfach versucht, sie zu überreden, sich öfter zu treffen. Sie hatte abgelehnt. Sie würden sich ja wiedersehen, im nächsten Monat, zur selben Zeit, am selben Ort.

Er nahm ihr Gesicht in beide Hände und gab ihr einen Kuss auf die Lippen. Wie immer blieb sie dabei sitzen. Ihre Finger krallten sich einen Moment lang in seinen Arm. Ihre Augen wurden feucht, aber sie lächelte.

»Wir sehen uns ja bald wieder, lass es dir gut gehen«, sagte sie leise. Sie schaute in sein Jungengesicht und schickte ihn weg.

Durch das Fenster sah sie ihm nach. Er schien ein wenig enttäuscht. Dann aber nahm er die Schultern zurück und eilte mit festen, langen Schritten die Straße entlang – nach Hause.

Sie blieb unbeweglich an dem kleinen Tisch sitzen. Plötzlich sah sie müde und erschöpft aus. Sie lächelte nicht mehr. Der Wirt bestellte ihr ein Taxi. Er half ihr in den Mantel und schnallte ihr den Rucksack auf den Rücken, wie üblich.

Dann griff der Wirt hinter sich. Er nahm ihre beiden Krücken und gab sie ihr.

Das Spiel

von Achim Ahrens

Kurzvita: geb. in Peine, zwischenzeitlich wohnhaft in Celle und Lüneburg und heute in Bad Bevensen, bin verheiratet und habe zwei Töchter. Nach anderen Berufen habe ich Deutsch und Geschichte studiert und unterrichtete in Hittfeld, Bad Bevensen, und aktuell in Dannenberg (Elbe).

Als er den Brief las, schoss ihm das Blut in den Kopf und er musste sich setzen. Eine Frau Dr. Wergel aus der über 600 Kilometer entfernten Konzernzentrale bat ihn um ein Gespräch. Sie wird im besten Hotel der Kleinstadt absteigen, stellte er fest und blätterte in seinem Tischkalender. Ja, der Dienstag würde passen; 16.30 Uhr in der Hotellobby werde er vorschlagen. »Lobby besichtigen«, trug er in seinen Kalender einige Tage vorher ein.

Was hat das zu bedeuten? Wozu dieser Aufwand? Wäre der Schaden, der unbeabsichtigt angerichtet werden könnte, nicht für beide Parteien beträchtlich? Sicherlich, aber was tun? Er brauchte Zeit zum Denken, 30 Kilometer auf dem Mountainbike würden ihm dazu verhelfen. Ein Gespräch, dieses Frage- und Antwortritual, war ihm zu wenig dafür, dass sich eine Frau Dr. Wergel zu ihm begab. Ungereimtheiten waren festgestellt worden.

Doch was wusste sie genau? Anscheinend genug, um diesen Aufwand zu betreiben.

Frau Dr. Wergel. Sie könnte Juristin sein. Dann würde sie sicherlich versuchen, ihn zu unüberlegten Äußerungen zu veranlassen, um diese Teile in ihr Puzzle einfügen zu können. Sie könnte auch Psychologin sein. Dann würde sie versuchen, mehr auf non-verbale Signale zu achten, ihn quasi an einen unsichtbaren Lügendetektor anschließen. Fragen, die ihn nicht weiterbrachten. Was hatte er ins Feld zu führen? Sie kam zu ihm. Er konnte das Terrain vorbereiten, die Begegnung inszenieren.

Tue etwas, womit der Gegner nicht rechnet und nutze seine Verwirrung zu deinem Vorteil! Aber was könnte das sein? Die Lösung lag nicht auf der Hand. Er musste abschalten, und so wandte er sich der Schachaufgabe zu; welche Mattkombination erschien angemessen? Schach! Das wäre eine Methode, vorausgesetzt, Frau Dr. Wergel spielte Schach und sie akzeptierte das Spiel. Wenn sie das nicht täte, dann würde er für sie ziehen. Das wäre doch Ablenkung genug.

Er erwartete sie in der Lobby. Es war wenig Betrieb, überwiegend ältere Hotelgäste verließen das Terrassencafé und strebten dem Ausgang zu. Er sah sie sofort. Schlank, mittelgroß, mausgraues Kostüm, beigefarbene Bluse, modische Brille mit Goldrand und kurze, grauschwarze Haare, zirka 50 Jahre alt, attraktiv.

Sie begrüßten sich und nach dem üblichen Smalltalk bat er sie zu einem Tisch in einer ruhigen Ecke der Lobby, auf dem ein Schachspiel stand. Sie ließ sich in dem Sessel nieder und schaute ihn an, ohne etwas zu sagen.

»Dieses Schachspiel soll der symbolischen Interaktion dienen«, eröffnete er das Gespräch. »Sie ziehen mit Weiß. Möchten Sie etwas trinken?«

»Einen Tee, bitte.«

Er bestellte zwei Kännchen Jasmin Xian Yu.

Ohne auf das Schachspiel einzugehen, dankte sie ihm für die Gesprächsbereitschaft, wodurch einige noch ausstehende Fragen abschließend geklärt werden könnten. Er nickte und forderte sie auf, den ersten Zug zu machen. Kann sie nun spielen oder nicht?

»Herr Schmedt, Sie ...«

»Ziehen Sie den e2-Bauern auf e4«, fiel er ihr ins Wort.

»Wir sind doch nicht zum Schachspielen zusammengekommen, Herr Schmedt!« Sie blickte ihn scharf an, und über der Nasenwurzel bildeten sich kleine Fältchen.

Hatte er sie aus dem Konzept gebracht? Aber nicht übertreiben! Geh auf sie zu! »Dieser Zug symbolisiert Ihren ersten Brief an mich, den ich mit c7 – c6 beantwortete: Es tangiert mich nicht.«

Sie schaute ihn nur an, wohl in der Erwartung, wie es weitergehen würde. Er zog den weißen Bauern d2 – d4. »Ihr zweiter Brief war deutlicher, hatte aber nahezu den gleichen Inhalt. Ich blockte damals mit: ›Das sei Ihr Problem, nicht meines!‹; d7 – d5.«

Es schien sie zu belustigen, ihre Gesichtszüge entspannten sich, ein Lächeln umspielte ihren Mund. Sie zog eine Zigarette aus der Packung, zündete sie an, inhalierte tief und blies den Rauch, indem sie den Kopf in den Nacken legte, nach oben gegen die Decke. Hatte sie sich gefangen, ihre Strategie meiner angepasst? In ihrem Gesicht ließ sich nichts lesen.

»Deshalb bin ich hier und sollte wohl Sb1 – c3 ziehen.« Mit ihren schlanken Fingern vollendete sie den Zug.

»Aber Sie sind doch die Dame im Spiel, Frau Dr. Wergel!«

»Wir haben festgestellt, dass zu dem Buchungscode der Überweisungen an Sie kein Vorgang existiert. Außerdem wird diese Buchstaben-Zahlenkombination von uns nicht verwendet. Ich habe zudem alle Patente, Lizenzen und Gebrauchsmuster, die wir gekauft oder geleast haben, überprüft. Ihr Name ist nirgends verzeichnet.«

»Erwarten Sie, dass ich zu Ihrem Ordnungssystem Stellung nehme? d5 x e4.«

»Was bitte, haben sie an uns verkauft oder zeitweise zum Gebrauch überlassen? Sc3 x e4.«

»Raffiniert von Ihnen! Ich plaudere darüber und verstoße gegen die Bedingung, dass von mir niemand etwas über Gegenstand und Inhalt des Vertrages erfährt. Daran halte ich mich auch, das werden Sie verstehen. Sg8 – f6. Übrigens gilt das auch für Ihr Haus. Könnte darin das Geheimnis des für Sie nicht auffindbaren Vertrages liegen? Vielleicht liegt er im Safe des Vorstandes.«

»Das habe ich auch überprüft; Se4 – g3. Dann stellt sich die Frage: Wie ist die ominöse Zahlungsanweisung in den Computer gekommen?«

»Das ist allein Ihr Problem. Damit sind wir keinen Schritt weitergekommen. h7 – h5.«

Sie bestellte noch einmal Tee und zündete sich eine neue Zigarette an. Was wird ihr nächster Zug sein?

»Es wird aber Ihr Problem werden. Ich werde die Zahlungen stoppen. Läufer c1 – g5.«

»Mit dem Ergebnis, dass dann der Vertragsgegenstand wieder an mich fiele. h5 – h4.«

»Wenn es den überhaupt gibt! Um einen Beitrag anzuweisen, bedarf es dreier Personen. Jemand, der den Auftrag erteilt, jemand, der gegenzeichnet, und jemand, der die Buchung durchführt. In Ihrem Fall konnte ich den Gruppenleiter der Zentralbuchhaltung und den Vertreter der Rechtsabteilung mit an Sicherheit grenzender Wahrscheinlichkeit ausschließen. Läufer g5 x f6.«

»Das beruhigt mich aber. Bauer h4 x g3.«

»Eine Operaterin ist vor einigen Jahren auf eigenen Wunsch aus Niedersachsen in die Zentrale versetzt worden. Sie ist ungefähr in Ihrem Alter und Sie waren doch beruflich einige Jahre in Nienburg tätig, Sie wohnten auch in Osterode, Braunschweig und leben seit einigen Jahren in diesem hübschen Städtchen. Läufer f6 – e5.« Fast amüsant sprach sie das aus. Entspannt nippte sie an ihrem Tee, zog noch einmal an der Zigarette und drückte sie aus, während sie mich fixierte.

Das war der Grund ihrer weiten Reise! Sie hat mein Umfeld gecheckt. Dieses Luder! Die Gefahr lauerte von einer ganz anderen Seite! Dieses Gespräch war nur der Endpunkt, nicht das Zentrum ihrer Arbeit. Sie wusste, dass ich nichts sagen würde. Ich hielt ihrem Blick stand, aber während ich versuchte, den nächsten Gedanken zu fassen, konnte ich meine Mimik nicht nachvollziehen. Die erste Unkontrolliertheit? Welche Schlüsse könnte sie daraus ziehen! Bleib ruhig! Sie hat nur bekannte Fakten memoriert, einen Stein ins Wasser geworfen und beobachtet jetzt, wie die Kreise sich entwickeln. Ich muss die Initiative wieder ergreifen! Warum erzählt sie mir das? Also Juristin?

»Turm h8 schlägt h12. Es bleiben nur zwei Möglichkeiten. Sie inszenierten Ihren Auftritt als ersten Akt, im zweiten verhaftet die Polizei das kriminelle Duo und überführt es, im dritten Akt werden Sie in der Zentrale als strahlende Heldin empfangen. Die zweite Möglichkeit wäre, Sie konnten keine Verbindung herstellen und waren zum Abschluss Ihrer Recherchen neugierig auf den Typen aus der Provinz.«

»So in etwa, Turm h1 schlägt h2.« Nahezu entspannt entzündete sie sich eine Zigarette und bestellte zwei Gläser trockenen Riesling.

Fehlt nur noch, dass die Frau mir mit Alkohol die Zunge lockern will.

»Dame d8 auf a5 und Schach!«

»Der Zug hat Symbolwert, Sie bringen die Dame ins Spiel. Morgen reise ich ab.« Klang das resignierend? »C2 – c3.«

Nicht insistieren! Noch ist diese Gefahr nicht vorbei. »Darf ich Sie zum Essen einladen, doch zuvor noch Da5 x e5, Schach!«

»Danke, ich werde mir noch einige Notizen machen und dabei auf dem Zimmer essen. Ich werde Ihnen aber zuvor noch die Dame nehmen: d4 x e5.«

»g3 x h2. Dieses Spiel ist noch nicht zu Ende, Sie werden beim nächsten Zug den Bauern umwandeln und haben damit eine Figur mehr auf dem Brett.« Eine kryptische Bemerkung. Müde und abgespannt klang ihre Stimme. Hatte sie sich mehr Aufschluss von dem Gespräch erwartet? Waren dadurch ihre Optionen reduziert worden? Sie standen auf, gaben sich die Hand und verabschiedeten sich voneinander.

»Sie müssen nun entscheiden, werden die Zahlungen eingestellt oder nicht? Ich fürchte, Sie können das Risiko nicht einschätzen. Welchen Zug Sie machen, das entscheiden Sie allein. Es wird eine Fernpartie.«

Sie nahm ihre Tasche und ging, ohne sich umzusehen, zum Aufzug. Er fuhr nachdenklich nach Hause. War seine Taktik aufgegangen oder ihr Konzept? Sie hatte Ungereimtheiten festgestellt. Hatte aber keinen Zipfel zu fassen bekommen, um das Tuch wegzuziehen. Dafür war sie auf etwas gestoßen, was er nicht einschätzen konnte. Ein Name war nicht gefallen. Es konnte keine Gefahr aus der Richtung kommen! Aber trotzdem: nicht vernachlässigen!

Ob Frau Dr. Wergel die Zahlungen stoppen würde? Spielt das eine Rolle? Die Operaterin ist bestimmt schon versetzt worden.

Dieses Gespräch mit Frau Dr. Wergel sollte er sich auch vergüten lassen. Sein beständiges Schweigen würde im nächsten Jahr 90.000 wert sein. Dann könnte Frau Dr. Wergel wieder tätig werden. Sie könnten wieder Schach spielen, vielleicht sogar die Partie fortsetzen. Bei allem: Er hatte nur die Wahrheit gesagt.

Aber er musste schweigen: im Interesse des Unternehmens, aber natürlich auch in seinem. Schließlich hatte er die Firewall der Wirtschaftsbank überwunden.

Mut zum Leben

von Maarita Anri

Kurzvita: Ich wohne in Flensburg, bin Journalistin und schreibe Kurzgeschichten, Kindergeschichten, Märchen und Gedichte.

Er ging unendlich langsam, obgleich er sich mit zusammengebissenen Zähnen bemühte, den Anschluss an die Reisegruppe nicht zu verlieren. In den Armen steckte noch eine Menge Kraft, aber was half es! Auch wenn er den Stock, den er mit seiner rechten Hand umfasste, fast zornig auf die Pflastersteine hämmerte, schneller ging es nicht. Der linke Fuß hing wie ein Fremdkörper am Bein, verhedderte sich ständig, kam dem rechten in den Weg.

Kapitän Arvidsson war gezwungen, sein Tempo danach zu richten, so viel Geduld es auch verlangte.

Es war ein Schlaganfall, der vor einem Jahr diesen nordischen Seebären wie einen gebrochenen Mast von den Planken seines geliebten Schiffes gefegt hatte. Einfach so. Ohne Vorwarnung und Ankündigung.

Ein bitteres Los für einen, der die See so liebte wie dieser Jan Arvidsson. Für ihn bedeutete es das Ende des Lebens. Jedenfalls als er begriff, es würde nie wieder so werden wie früher.

Dass er nun hier, an der spanischen Sonnenküste, humpelte, war nur seiner Frau zu verdanken. Sie hatte sich diese Reise so sehr gewünscht, und ohne ihn wollte sie nicht fahren.

»Was soll ein Krüppel wie ich denn dort?«, hatte Arvidsson finster gefragt. »Dort ist dein geliebtes Meer«, hatte seine Frau geantwortet. »Unser Hotel liegt direkt am Strand. Du hast jeden Tag das Element, das du so liebst, vor deiner Nase.«

»Und was hilft es mir«?, erwiderte er bitter. »Zuzusehen und zu wissen, dass ich nie mehr ...« Sein Gesicht war ganz weiß geworden und er war weggehumpelt, so schnell es nur ging, aber sie wusste schon, was in ihm vorging.

Die exotische Schönheit des Südens konnte Kapitän Arvidsson

jedoch nicht aus seiner Apathie reißen. Das Einzige, das ihn anging, war das Meer. Jeden Tag humpelte er mehrmals zum Strand und stand dort mit versteinertem Gesicht. Das Meer seufzte und atmete leise wie ein verschlafenes Tier, und Kapitän Arvidsson umfasste seinen Stock so fest, dass seine Knöchel weiß wurden.

Eines Abends aber wurde das Meer zur wilden Bestie, die brüllend mit harten Wellenschlägen gegen den Strand donnerte. Trotz der Warnungen seiner Frau strebte Kapitän Arvidsson wieder zum Strand. Gegen den Wind ankämpfend, bemühte er sich verbissen, den ungehorsamen linken Fuß vorwärts zu ziehen.

Der Stock bohrte ohnmächtig Löcher in den Sand, und während der alte Seebär wie einer der Palmwedel zitterte und sich gegen den Wind krümmte, war es für ihn vernichtend zu erkennen, wie hilflos er jetzt war.

Aber er schaffte es doch.

Was für ein Höllenkessel! Schneeweiße Schaumberge, dazwischen grünglasige Wellenkämme, atemberaubend schön in ihrer Wildheit. Der Kapitän vergaß seine Nöte. Die steinerne Maske zerbarst wie eine Schaumwelle im Sand, wilde Freude und Schmerz ließen das kantige Seemannsgesicht gleichzeitig schön und erschreckend aussehen.

Er bemerkte gar nicht, dass die Wellen immer länger wurden und jedes Mal höher den Strand hinaufkrochen. Der Angriff kam für ihn völlig unerwartet. Eine heimtückische Welle, wie die lange Zunge eines rasenden Tieres, das nach seiner Beute lechzte.

Ein gesunder Mann wäre zur Seite gesprungen, hätte höchstens nasse Schuhe bekommen, aber der Kapitän mit seinem ungehorsamen Fuß verlor das Gleichgewicht und fiel der Länge nach in den Sand. Und nun kamen die Wellen Schlag auf Schlag, griffen gierig nach ihm, nach dieser Beute, die kaum Widerstand leistete.

Denn sobald der Kapitän den Schock der ersten kühlen Umarmung überstanden hatte, überkam ihn ein seltsames Gefühl der Resignation. Er kämpfte nicht gegen die Fangarme des Meeres, die ihn in den mächtigen Schoß reißen wollten. Fast grimmig dachte er: »Warum soll das Meer mich nicht nehmen, jetzt, wo ich ihm so unterlegen bin?«

Etwas weiter entfernt am Strand lagen einige Fischerboote, bei denen zwei Männer, die es gerade noch geschafft hatten, vor dem Sturm an Land zu kommen, mit ihren Netzen beschäftigt waren. Der jüngere, der den Vorgang bemerkt hatte, rannte sofort los. Die Schaumwellen schlugen nach ihm, er musste gegen sie anrennen, um dem Meer seine Beute zu entreißen.

Klein und stämmig war er, dieser junge Fischer, und obgleich er kraftvoll und zäh war, bereitete es ihm doch Schwierigkeiten, den groß gewachsenen Mann in Sicherheit zu bringen. Der ältere Mann war aber auch schon zur Hilfe herbeigeeilt, und zusammen schleppten sie den Fremden höher auf den Strand, wo er für das Meer unerreichbar war.

»Wir müssen einen Krankenwagen kommen lassen«, sagte der ältere Mann besorgt, »lauf schnell in das Café, Juan, und lass den Wirt Hilfe herbeiholen.«

Während der junge Fischer eilig davonlief, betrachtete der ältere Mann nachdenklich den dem Meer entrissenen Fremden, der ihm so seltsam vertraut vorkam. Als dieser endlich seine Augen aufschlug, widerwillig und enttäuscht, und der alte Fischer in die hellen, unverwechselbaren blauen Augen schaute, wusste er, wer vor ihm auf dem Sand lag.

»Der Capitano!«, rief er verwundert. Wie ein Ruf aus der Ferne war es, und der schmerzliche Blick der blauen Augen richtete sich auf den Rufer.

»Ich bin es, der Manolo«, erklärte der alte Fischer voll Wiedersehensfreude.

»Manolo«, murmelte der Kapitän wie ein Echo. Er schien noch nicht ganz da zu sein.

»Ich fuhr doch auf Ihrem Schiff, Capitano, bis ich mir den Arm verletzte, erinnern Sie sich? Damals war es aus für mich, denn was soll man mit einem einarmigen Seemann anfangen.«

Der Kapitän lächelte mühsam. Mit der Erinnerung kam die Wirklichkeit zurück.

»Der Arm ist noch steif, aber ich habe ja einen Sohn, der jung und kräftig ist. Mit der Fischerei verdienen wir unseren Lebensunterhalt. Aber Sie, Capitano, was ist mit Ihnen geschehen?«

Der Kapitän zog eine schmerzliche Grimasse. Wenn sein Gesicht nicht so nass gewesen wäre, hätte man gemeint, es wären Tränen, die an den Wangen glänzten.

»Es ist aus mit mir. Ich bin nur noch ein Wrack.«

»Aber nein«, wehrte Manolo erschrocken ab, »das glaube ich nicht! Wenn auch der Sturm ihr Boot leckgeschlagen hat, deshalb werden Sie nicht aufgeben. Sie doch nicht, Capitano, ich kenne Sie doch!«

»Ach, Manolo, Sie haben keine Ahnung!«, seufzte der Kapitän. Er versuchte aufzustehen, aber sein Körper war völlig kraftlos. Manolo drückte ihn sanft nieder.

»Lassen Sie, der Krankenwagen ist gleich da. Es ist besser, wenn die Ärzte Sie untersuchen.«

»Ich wohne in dem Hotel dort drüben«, murmelte der Kapitän, »ich fürchte, meine Frau wird sich Sorgen machen.«

»Ich gehe zu ihr, wenn der Krankenwagen gekommen ist", versprach Manolo. »Und Sie kommen wieder hoch, Capitano, das weiß ich!«

Er schlug mit der Hand auf seine Brust.

»Hier drinnen ist ein Gefühl, das es mir sagt. Und es stimmt, glauben Sie mir nur. Das Leben ist manchmal merkwürdig. Denken Sie doch, was für ein Zufall es war, dass gerade wir Sie gerettet haben. Damals, als es mir schlecht ging, haben Sie mir Mut gemacht. Und sehen Sie, es ist ein gutes Leben geworden. Ich musste nur meine Grenzen akzeptieren.

Ich gebe zu, dass es mir schwer fiel, bis ich eines Tages erkannte, dass die körperliche Kraft nicht das Einzige ist, was der Mensch besitzt. Sie ist sowieso nur begrenzt verfügbar. Meine Erfahrungen aber, das, was das Leben mich gelehrt hat, besitze ich, solange ich denken und fühlen kann. Das ist etwas, das ich meinem Sohn weitergeben kann.

Das Meer, Capitano, ist uns sowieso überlegen, ihm ist keine Kraft gewachsen. Wir können es nur lieben. Und hier am Strand ist es uns fast so nahe wie auf dem Schiff.«

Kapitän Arvidsson horchte auf die melodische Stimme des Spaniers, die von dem Tosen des Meeres begleitet wurde. »Was für ein seltsamer Zufall!«, dachte er verwirrt.

Ob es Manolos Worte waren oder ob das kühle Bad im winterlichen Mittelmeer seine Lebensgeister wiedererweckt hatte – jedenfalls bekam der Kapitän neuen Mut zum Leben. Er empfand seine Lage nicht mehr so finster wie vorher. Häufig sah man ihn von nun an bei Manolo und seinem Sohn am Strand, und wenn er das Meer ansah, war in seinem Blick nicht nur Schmerz, sondern auch Freude und Dankbarkeit. Dankbarkeit dafür, dass er noch lebte und sich an seinem geliebten Meer erfreuen konnte.

Der Ampelsänger

von Dorothea Aufderheide

Kurzvita: wohnhaft in Bonn-Bornheim, arbeitete ich als Fremdsprachen - sekretärin eines Industrieunternehmens. Nach meiner Heirat erzog ich zwei Söhne, unterstützte meinen Mann in seinem Beruf und war in mehreren Ehrenämtern tätig. Schreiben war schon immer ein Hobby von mir, ich schrieb Kindergeschichten für meine Enkel und bin mit einer Mitbewoh - nerin zusammen für die Hauszeitung unseres Wohnstifts Beethoven in Bornheim zuständig.

»Das kann ich dir nicht erklären, das muss man einfach auswendig lernen!« Fast mitleidig sah Lucy Fenton ihren Kollegen an. John Mailer, ein junger, farbiger Bariton, war vor einigen Wochen aus Alabama an die Oper in Ahrensfeld gekommen und bemühte sich verzweifelt, in die Geheimnisse der deutschen Sprache einzudringen. »Warum heißt es ›der Tisch‹, aber ›das Bett‹?«

John gehörte zu den vielen jungen ausländischen Sängern, die nach Deutschland kommen, um hier Erfahrungen zu sammeln. In keinem anderen Land gibt es so viele kleine und mittlere Bühnen, an denen junge Sänger sich weiterbilden und ein Repertoire erarbeiten können. Vor allem Amerikaner nutzen das gern aus, denn in ihrer Heimat gibt es solche Möglichkeiten nicht. Wie so viele andere auch hatte John die Arien, die er für das Vorsingen brauchte, gut auswendig gelernt, auch hatte er seine erste Rolle, die des Dr. Bartolo aus dem ›Barbier von Sevilla‹ so halbwegs im Gedächtnis; aber im Übrigen hatte er darauf vertraut, dass man überall mit Englisch gut zurechtkäme.

So, wie er sich das vorgestellt hatte, ging es aber doch nicht. Er musste Deutsch lernen, und so hatte Lucy sich seiner erbarmt, die New Yorkerin, die schon drei Jahre in Ahrensfeld engagiert war. »John, mit deinem Südstaatlerakzent wirst du niemals ein verständliches Deutsch hervorbringen, streng dich doch mal an!«

Nun, irgendwann ging auch diese Unterrichtsstunde zu Ende. In den letzten Minuten hatten sie das Rollenbuch weggelegt und sich über den Verkehr unterhalten. John war stolzer Besitzer eines alten, klapprigen Opel geworden und beklagte sich bitter über die ›rauhen Sitten‹ auf den Straßen seines Gastlandes. »Du wirst dich dran gewöhnen«, tröstete Lucy. »Bringst du mich nach Hause?«

Unten auf der Straße wartete der bejahrte Opel, den John für wenig Geld dem Pförtner des Opernhauses abgekauft hatte. Der rechte Kotflügel klapperte ein wenig, aber der junge Sänger störte sich nicht daran, auch sah er großzügig über die Rostflecken hinweg, die die Karosserie zierten. Mit dem chromblitzenden Chevrolet seines Vaters, den er daheim in Alabama gefahren hatte, war dieses Vehikel nicht zu vergleichen, aber John liebte es, war es doch von selbst verdientem Geld gekauft worden. Anfangs hatte der arme Wagen unter den ungeübten Schaltversuchen seines automatikgewohnten Besitzers arg zu leiden gehabt, aber inzwischen hatte John sich an die Gangschaltung gewöhnt und war stolz darauf, dass sein Auto schon länger keinen dieser merkwürdigen Hopser mehr gemacht hatte.

Er ließ die Freundin einsteigen und klemmte sich hinter das Lenkrad. »Du bist eingezwängt wie in einem Brillenfutteral«, kicherte sie, »nach der nächsten Gagenerhöhung ist ein größerer Wagen fällig!« »Laß nur«, erwiderte der junge Mann gelassen, »er fährt gut, mir reicht's.« Behutsam rangierte er das kostbare Stück aus der Reihe der parkenden Fahrzeuge und fädelte sich in den Verkehr ein.
Es dämmerte, auf den Straßen herrschte lebhafter Betrieb, aber der Amerikaner steuerte seinen Liebling bedächtig durch das Gewühl. Die Ampel vor ihnen sprang auf Gelb, John bremste und hielt. Hinter ihm kreischten Bremsen, Reifen quietschten, dann wurde seine Wagentür aufgerissen und ein zornrotes Gesicht erschien. »Warum halten Sie denn bei Gelb, Sie Idiot, fast wäre ich auf Sie draufgefahren!« Der Mann brüllte noch mehr, ehe er den Schlag zuwarf und sich wieder in seinen Wagen zurückzog. John und Lucy sahen sich eine Sekunde sprachlos an, dann ging alles blitzschnell.

Ohne Besinnen sprang der Amerikaner aus seinem Auto und war bereits bei seinem Hintermann. Auf Deutsch zurückschimpfen konnte er nicht – aber singen! Und so klang sein voller, tiefer Bariton durch das offene Fenster zu seinem Kontrahenten hinein:»Auf, ihr Schelme, Räuber, Diebe ...« Der Zornesausbruch des genasführten Dr. Bartolo ergoss sich über den bestürzten Mann; mit rollenden Augen und geschwellter Brust, ein Kerl von fast zwei Meter Größe, schmetterte Mailer seine Arie. Die Ampel zeigte Grün, ein Hupkonzert der wartenden Wagen begleitete seine Darbietung, aber unbeirrt dröhnte seine Stimme dem anderen entgegen, der vom Fahrersitz in die gegenüberliegende Ecke gerutscht war und den vermeintlich Verrückten aus angstvollen Augen anstarrte. Die Warteschlange war unabsehbar, die Ampel wechselte wieder einmal von Rot zu Grün, da endlich war John fertig. Majestätisch wandte er sich ab, stieg zu der halb lachenden, halb weinenden Lucy in den Wagen, startete und sagte befriedigt:»So, jetzt geht es mir besser!«

Im nächsten Moment überholte ihn ein Streifenwagen, der Beamte winkte mit seiner Kelle. John fuhr an den Straßenrand und stieg aus. »Guten Tag«, grüßte der Polizist.»Sie sollen den Verkehr unnötig über mehrere Ampelphasen hin aufgehalten haben, können Sie mir das erklären?«

Der junge Mann warf einen flehenden Blick zu seiner Begleiterin hinüber und diese sprang hilfreich ein.»Herr Mailer bremste den Wagen bei Gelb ab und wurde daher von dem Fahrer des nachfolgenden Wagens angepöbelt«, gab sie an.»Er ist als Sänger an der hiesigen Oper engagiert und spricht noch nicht gut Deutsch. Deshalb hat er dem Herrn eine Arie vorgesungen.«
»Was hat er?« Ungläubig starrte der Beamte sie an.
»Er hat eine Arie gesungen, die gerade in diese Situation passte«, antwortete Lucy trocken.
Der junge Polizist konnte sich kaum das Lachen verbeißen. Er war nicht gerade klein, aber der farbige Sänger überragte ihn noch beträchtlich, er konnte sich lebhaft die Gefühle des Angesungenen vorstel-

len. »Der Mann wird wohl in Zukunft vorsichtiger sein«, sagte er vergnügt, »trotzdem muss ich Sie bitten, Ihre musikalischen Talentproben künftig auf das Theater zu beschränken.« Er legte die Hand an die Mütze, stieg zu dem wartenden Kollegen in den Streifenwagen und schmunzelte: »Jedenfalls werde ich zum ersten Mal in meinem Leben in die Oper gehen, wenn dieser Mann seine Arie singt!«

So wurde John Mailer schon vor seinem ersten Bühnenauftritt als der ›Ampelsänger von Ahrensfeld‹ berühmt.

Zwischen den Zügen

von Rosemarie Braeckow

Kurzvita: geb. in Guben. Nach meiner Flucht aus der DDR lebte ich drei Jahre in Südafrika. Vor meiner Rente war ich staatlich anerkannte Altenpflegerin. Ich bin verheiratet und lebe im Bayrischen Wald. Schon als Kind habe ich gern Geschichten geschrieben. Durch einen Kurs bei der Axel Andersson Akademie konnte ich mein Hobby verbessern.

Der Fernzug rollte mit Verspätung in den Frankfurter Hauptbahnhof ein. Ich beeilte mich, denn ich musste unbedingt den Anschluss bekommen, in drei Minuten fuhr mein Zug ab. Mit mir hasteten andere Mitreisende zum Gleis 15. Hier konnte ich nur noch die Schlusslichter erkennen. Ich war wütend, schimpfte auf die Bahn, aber alle Aufregung nützte nichts, der nächste Zug nach Saarbrücken fuhr erst drei Stunden später. Ich werde also das neue Jahr auf dem Frankfurter Hauptbahnhof begrüßen müssen, allein und ohne ihn! Mir war nach Heulen zu Mute, an diesem Sylvester, 1963.

Ich schleppte den Koffer zum Wartesaal, und ich sah mich um. Der Raum war fast leer. Auf einem Bahnhof begegnen einem die unterschiedlichsten Menschen, wie die Frau am Nachbartisch. Sie war nicht mehr jung, vielleicht sechzig Jahre. Neben ihr standen zwei voll gestopfte Plastiktüten, wahrscheinlich ihre ganze Habe. Ihre Haare waren fettig und strähnig, im Mund fehlten ihr einige Zähne. Der Kellner redete auf sie ein und zeigte zum Ausgang. Hinter mir saß ein sehr beleibter Mann, der sein Essen in sich hineinschaufelte, ohne aufzusehen, und ohne Pause aß er. Auf seinem feisten Gesicht standen Schweißperlen. Im hinteren Bereich saß eine elegante Dame. Sie sah gelangweilt aus und puderte sich die Nase.

Ich war so enttäuscht, so traurig, und ich ärgerte mich, weil ich wegen der Verspätung Sylvester im Wartesaal mit diesen merkwürdigen Typen verbringen musste. Ohne dass ich es verhindern konnte, liefen mir die Tränen über die Wangen, dann begann ich zu meinem Entsetzen zu schluchzen.

Der fette Mann ließ sich nicht durch mein Unglück stören, er futterte sein Essen ohne aufzublicken in sich hinein. Auch die alte Frau nahm keine Kenntnis von meinem Kummer. Sie hatte mit sich genug zu tun.

»Hast du Feuer?«, fragte eine heiser-rauchige Stimme. Ich erschrak und drehte mich um. Hinter mir stand die elegante Dame und hielt mir ihre Zigarette unter die Nase. Zitternd gab ich ihr Feuer.

»Warum zitterst du?«, fragte sie.

Ich antwortete nicht, ich wollte kein Gespräch mit ihr beginnen. Ohne um Erlaubnis zu fragen, setzte sie sich an meinen Tisch. Ich war empört und starrte sie entrüstet an. Erst jetzt aus der Nähe konnte ich diese Dame näher betrachten.

Auch sie war nicht mehr jung, ihre roten Haare trug sie lang, aber am dunklen Ansatz sah ich, sie waren gefärbt. Ihr Gesicht war stark geschminkt, das Make-up bröckelte jetzt am späten Abend, und ihr grellroter Lippenstift war verschmiert. Sie trug einen engen schwarzen Lederrock, an ihren schlanken Beinen schwarze Netzstrümpfe. Sie war eindeutig eine Prostituierte aus dem Frankfurter Bahnhofsmilieu.

»Nun«, sagte sie böse,» du hast mich lange genug angestarrt, wie werde ich eingeschätzt?«

Ich wurde rot vor Verlegenheit: »Entschuldigen Sie bitte, ich wollte nicht ...«

Sie lächelte wieder und meinte gutmütig: »Du hast natürlich recht, ich bin eine Nutte.« Sie tätschelte meine Hand: »Beichte mir deinen Kummer, ich bin eine gute Zuhörerin«.

Mich erfasste Abscheu, ich wollte nichts zu tun haben mit dieser Frau. Auf keinen Fall wollte ich mich ihr anvertrauen, das fehlte noch!

Ich schwieg, betrachtete die Zimmerdecke, aber sie ließ sich nicht vertreiben, sie blieb. Plötzlich begann sie zu sprechen. Zuerst beachtete ich sie nicht, sie sprach über ihr Leben, und ohne zu wollen, hörte ich ihr zu. Die Zeit verging wie im Fluge.

»Ich bin Anita, in meinem früheren Leben hatte ich einen anderen Namen. Den Namen Anita hat mir mein Zuhälter gegeben. Ich war

so alt wie du, als ich von zu Hause weglief, wie alt bist du?«
»Zweiundzwanzig«, murmelte ich widerwillig.
»Ich war achtzehn, der Krieg war zu Ende, wir hatten Hunger und keine Zukunft. Mein Vater kam als Wrack zurück, er wollte die ganze Familie beherrschen und duldete keinen Widerspruch, obwohl es Jahre ohne ihn gegangen war.«
Sie war also vierzehn Jahre älter als ich. Sechsunddreißig war sie – ich hätte sie für älter gehalten, ihr Gesicht war müde und verlebt.
»Ich wollte mich amüsieren«, erzählte sie, »meine Jugend nachholen. Als mich eine Freundin in eine Ami-Bar mitnahm, war ich so aufgeregt, für uns war alles neu. Noch nie hatte ich Jazz oder Swing gehört, ich war begeistert. Unsere Tänzer waren fesch, wohl genährt und sie waren vergnügt, eine Seltenheit im Deutschland dieser Tage. Wir gingen fast jeden Abend hin, bald kannten wir Jim oder Jack, wie sie hießen. Wir bekamen Drinks und kleine Geschenke: Nylonstrümpfe, Kaffee und Konserven, die wir auf dem Schwarzmarkt verscherbelten.«

Sie zündete sich eine neue Zigarette an und inhalierte den Rauch tief in ihre Lungen, dann winkte sie dem Kellner: »Einen Asbach bitte«, sie sah mich an, »willst du auch einen?« Ich winkte ab. »Wo war ich stehen geblieben?«, fragte sie und kippte den Kognak hinunter. »Schwarzmarkt«, half ich ihr weiter. Ich gab mich weiterhin ablehnend, aber ihre Geschichte begann mich zu interessieren.
»Natürlich bekamen wir unsere Geschenke nicht umsonst, das war mir schon klar, obwohl ich noch unschuldig war. Mein Erster war ein Neger. Er war nett, lachte immer und verwöhnte mich. Unser Umgang fiel bald auf, man zeigte mit dem Finger auf uns und nannte uns Ami-Huren. Wir wohnten in einer Kleinstadt in der Pfalz. Als mein Vater von meinem Treiben erfuhr, verprügelte er mich mit einem Strick, und ich lief am nächsten Tag von zu Hause weg. Ich fuhr mit dem Zug nach Hamburg, stand dort ziemlich verloren herum, weil ich nicht wusste wohin ... Plötzlich sprach mich ein schicker Mann an. Er sah gut aus, wirkte auf mich so kultiviert und erfahren. Erfahren war er jedenfalls«, lachte sie anzüglich, und ihre Stimme klang bit-

ter, »kultiviert war er freilich nicht. Er bot mir an, mich in ein Hotel zu fahren. Ich war erleichtert, als er mir auch eine Arbeit besorgen wollte. Am nächsten Tag brachte er mich nach St. Pauli in eine Bar. Er nannte sich Lukie, und er wurde mein Zuhälter.«

Ich blickte auf die große Uhr über der Eingangstür, inzwischen war es schon 23 Uhr! Ich war erstaunt, dass die Zeit so schnell vergangen war.

Sie hatte meinen Blick bemerkt. »Ich langweile dich wohl, mit meinen alten Geschichten?«

»Nein, nein auf keinen Fall«, erklärte ich hastig. »Ich wollte nur sehen, wie lange ich noch auf meinen Zug warten muss.«

Sie bestellte wieder einen Asbach und fragte: »Wann fährt dein Zug?«

Resigniert antwortete ich: »In zwei Stunden.«

»Jetzt verstehe ich deinen Kummer, du musst mit mir Sylvester feiern und dir mein verpfuschtes Leben anhören.« Sie kicherte.

Der Kellner kam und wollte abkassieren, ich sagte empört: »Sie wollen uns doch nicht eine Stunde vor dem Jahreswechsel auf den Bahnsteig setzen?«

Er schaute gelangweilt auf die Uhr: »Ich habe Feierabend, der Wartesaal ist keine Wärmestube!«

Ich war außer mir: »Ich muss aus Verschulden der Bahn Sylvester auf dem Bahnhof verbringen, und Sie setzen uns vor die Tür!«

Der Kellner zuckte gleichgültig mit den Schultern: »Beschweren Sie sich bei der Bahn!«

Anita bestellte eine Flasche Schampus und zwei Pappbecher: Gelassen entschied sie dann: »Wir ziehen um, auf den Bahnsteig.«

Widerwillig nahm ich meinen Koffer und zerrte ihn zum Bahnsteig 15, ohne Anita zu beachten, die mir mit der Flasche folgte. Ich wollte sie endlich loswerden, wir wurden neugierig beobachtet, und das war mir sehr peinlich.

Sie ließ sich nicht abschütteln. »Du genierst dich mit mir, was?«, fragte sie unwirsch.

Ich ließ mich auf eine Bank nieder und seufzte. »Ich muss Holger anrufen!«, fiel mir plötzlich ein. »Ich hätte das längst tun sollen!«

Als ich endlich eine freie Telefonzelle gefunden hatte, war seine Nummer besetzt. Immer wieder wählte ich die Nummer, und immer ertönte das Besetztzeichen. Vor der Zelle hatte sich eine Schlange gebildet, ich musste abbrechen.

»War er nicht da?«, fragte Anita. Sie schien erleichtert, dass ich zurückgekommen war.

»Die Nummer ist ständig besetzt«, jammerte ich.

Anita legte mir ihre Hand auf den Schenkel. »Vielleicht ruft er dich zu Hause an, weil du nicht gekommen bist?«, tröstete sie mich.

Ich lächelte sie an, ein bisschen Trost konnte ich brauchen.

»Wir sind schon ein komisches Gespann«, griente sie. »Erzähl mir von ihm«, ermunterte sie mich. »So vergeht die Zeit schneller.«

Recht hatte sie, und ehe ich mich besann, erzählte ich ihr von Holger.

»Holger ist Zahnarzt«, begann ich. Wir haben uns im Urlaub, in Jugoslawien kennen gelernt, vor sechs Monaten. Es war mein schönster Urlaub, dachte ich, weil ich ihn getroffen habe. Wir waren so glücklich und unzertrennlich. Inzwischen hatten wir fast täglich telefoniert, meine Sehnsucht nach ihm war mit jedem Anruf stärker geworden. Heute sollten wir uns endlich wiedersehen, auch diese Zugverspätung konnte unser Treffen nicht verhindern!«

»Wie ist er im Bett?«, fragte Anita neugierig.

Typisch, eine Hure dachte wohl immer nur daran. »Wir haben noch nicht … – wir kannten uns erst kurze Zeit«, stotterte ich verlegen.

Sie johlte: »Und heute sollte wohl das Ereignis stattfinden?«

Ich rannte wieder zum Telefon. Erleichtert hörte ich das Freizeichen. Dann hörte ich endlich seine Stimme.

»Holger«, rief ich atemlos, »ich bin noch in Frankfurt, mein Zug kam verspätet an!« Und dann erzählte ich ihm die ganze Geschichte. Holger sagte nichts, ich hörte ihn nur atmen. »Ich bin aber in zwei Stunden bei dir«, tröstete ich ihn, »oder kannst du mich vom Bahnhof abholen?«

»Nein!«, rief er wütend in den Hörer. »Seit zwei Stunden warte ich auf dich, warum bist du nicht einen Zug früher gefahren?«

Ich war enttäuscht, weil ich auf sein Verständnis gehofft hatte. »Es tut mir so leid, Holger,« ich konnte kaum die Tränen zurückhalten,

»dass du auf mich warten musst, ich habe mich so auf Sylvester gefreut.«

Seine kühle Stimme traf mich wie eine kalte Dusche. »Wie kommst du darauf, dass ich auf dich warten werde? Du kannst wirklich nicht verlangen, dass ich hier herumsitze. Ich werde jetzt feiern gehen, ich habe genug Angebote für Sylvester, die ich wegen dir abgesagt habe.«

»Wo werde ich dich treffen, Holger?«, rief ich drängend.

Ich hörte nur noch das Freizeichen, Holger hatte aufgelegt. Eine Weile stand ich wie angewachsen und starrte auf das Telefon. Die Tür wurde aufgerissen und ein Mann brüllte rüde, er möchte auch mal telefonieren.

Mit bleiernen Beinen ging ich zurück zu meinem Koffer und zu Anita. Sie wartete auf mich, rauchte und sah mir neugierig entgegen. Sie fragte nicht – wohl weil sie mir ansah, dass ich nichts zu sagen hatte. Anita reichte mir eine brennende Zigarette, und ich nahm sie, obwohl ich vor vier Wochen mit dem Rauchen aufgehört hatte. Schweigend rauchten wir.

In den vergangeneren Stunden, hatte ich immer wieder versucht, Anita loszuwerden. Nun verstand ich, dass sie einen Menschen gebraucht hatte, der ihr zuhörte. Auch ich brauchte einen Menschen, der mir zuhörte, und plötzlich war ich froh, dass Anita da war.

Während meine Tränen flossen, erzählte ich ihr von Holger. »Heute wollten wir uns in der Nacht lieben, für mich wäre es das erste Mal gewesen«, schluchzte ich. Anita sah mich erstaunt an, sagte aber nichts.

Ich überlegte, ob ich nach Saarbrücken fahren sollte, vielleicht wartete Holger doch auf mich. Ich war unschlüssig, was ich tun sollte.

»Lass ihn sausen, er ist nichts wert, glaube mir, ich kenne die Männer«, sagte Anita.

Plötzlich läutete eine Glocke, immer mehr Glocken setzten ein zu einem Konzert, es war 12 Uhr Mitternacht. Anita schenkte Sekt in die Pappbecher ein, und wir stießen auf ein neues Jahr an.

Anita feixte: »Du wirst noch mehr Gelegenheiten haben, deine Unschuld zu verlieren, darauf trinken wir.«

Ich musste auch lachen, die Welt sah wieder heller aus. Eine Stunde später fuhr ich zurück nach Hause.

In meinem nächsten Urlaub, in Österreich, lernte ich Dieter kennen. Wir sind nun zwanzig Jahre verheiratet und haben drei Kinder. Immer an Sylvester denke ich zurück an meine Begegnung mit Anita. Was wohl aus ihr geworden ist in all diesen Jahren?

Novembermond

von Emmy Brehm

Kurzvita: geb. in Püttlingen im Saarland. Ich war kaufmännische Ange - stellte, seit meiner Heirat und der Geburt unserer beiden Kinder bin ich Hausfrau. In dieser Zeit absolvierte ich ein Fernstudium der Innenarchi - tektur. Ab 1972 arbeitete ich als stellvertretende Filialleiterin beim Deut - schen Bücherbund in Gießen. Von 1985-89 war ich Einrichtungsberaterin in einem großen Möbelhaus. Nach der Pensionierung reiste ich häufig ins Ausland und absolvierte mit Erfolg ein Fernstudium an der Axel Ander - sson Akademie. Das Schreiben von Tagebüchern, Briefen und Reiseberichten betreibe ich mit Leidenschaft.

Fast geräuschlos glitt der letzte Nachtzug aus der Halle. Der Bahnsteig war leer, bis auf einen einzelnen Mann. Er hatte sich eine Zigarette angezündet und starrte dem Zug nach, dessen rote Schlusslichter rasch kleiner wurden.
Er packte die Rosen, die er auf eine Bank gelegt hatte, und warf sie
in den Abfallkübel. Mehr enttäuscht als ärgerlich verließ er den Bahnhof von S.
Es war ein kalter Novemberabend. Wulf Braun schlug den Kragen
hoch und vergrub seine Hände in der Manteltasche. Versonnen schaute er in den Mond und raunte: »Siehst du, alter Junge, auf Frauen
kann man sich nicht verlassen.«
Er stieg in seinen weißen Saab und fuhr kreuz und quer durch die
schlafende Stadt. Vor ›Heidis Bar‹ hielt er an, er konnte jetzt nicht
alleine sein.
Die wenigen Gäste schauten nicht einmal auf, als er eintrat. Er ging,
ohne seinen Mantel abzulegen, zur Theke.
»Ein Pils, ein Korn«, sagte er zu der blonden Barfrau.
»Guten Abend, lange nicht gesehen, wie geht's?«, sagte sie und lächelte ihn an. Sie zapfte das Bier und stellte es mit dem Korn vor
ihn auf den Tresen.
»Danke«, sagte er und trank. Heidi schaute ihn nachdenklich an,

ehe sie ihn fragte: »Welche Laus ist dir denn heut Abend über die Leber gelaufen?«

»Sie ist nicht gekommen«, murmelte er und kippte den Korn hinunter.

»Wer ist sie – und nicht gekommen?«, wollte Heidi wissen.

»Sie hatte es mir fest versprochen«, fuhr er fort.

»Wer hat was versprochen?«, fragte sie ungeduldig. »Nun spuck' schon aus.«

»Sahra, wir waren um 23 Uhr verabredet.« Er reichte ihr das Glas und sagte: »Zapf mir noch eins.«

»Scheint dich mächtig getroffen zu haben, war wohl was Ernstes«, bemerkte sie lakonisch.

In sich versunken betrachtete er sein Spiegelbild hinter dem Tresen. Er war in den ›Fünfzigern‹ und sah mit dem vollen grauen Haar, den blauen Augen und dem gebräunten Gesicht noch recht jugendlich aus.

»He, du, ich rede mit dir«, scheuchte Heidi ihn auf.

»Ob es was Ernstes war? Für mich schon«, antwortete er.

»Kopf hoch, du alter Haudegen, vielleicht kommt sie noch!«, tröstete ihn Heidi. »Nun rück schon mit deiner Romanze raus.«

»Mach mir noch 'ne Lage«, sagte er bitter und stützte seinen Kopf in beide Hände.

Wulf hatte sie genau vor einem Jahr in Indien getroffen. Sie wohnten in Delhi im Hotel Ashoka. Am Morgen des 31. Oktobers kam er hinzu, als sie an der Rezeption auf einen Angestellten einredete. Aus den Gesprächsfetzen erfuhr er, dass sie unbedingt nach Amritser wollte. Das war wegen der Unruhen im Punjab sehr schwierig, aber Presseleuten gestattet. Er sagte ganz spontan: »Sie können pro forma als meine Assistentin mitkommen, ich reise morgen nach Amritser.« Sie drehte sich überrascht um, Wulf war es nicht minder: Sie hatte die Gestalt eines jungen Mädchens – und er blickte in das Gesicht einer reifen Frau.

»Das wäre großartig«, sagte sie und reichte ihm die Hand. »Ich heiße Sahra Horn.«

»Wulf Braun«, stellte er sich vor. »Warum wollen Sie unbedingt in die Heilige Stadt der Sikhs?«

»Ich bin auf den Weg in die Himalaya«, antwortete sie, »und möchte wahnsinnig gerne in den Goldenen Tempel.«

Genau darüber wollte Wulf einen Artikel schreiben. An jedem ersten Vollmond im November feiern die Sikhs den Geburtstag ihres Gurus Nanak im Goldenen Tempel.

Sahra und Wulf waren an diesem 2. November die einzigen westlichen Besucher. Inmitten hoch gewachsener Sikhs schritten sie barfuß über den weißen Marmorboden zum Heiligen Bruch. Es herrschte eine wunderbar freundliche Atmosphäre.

Es war wie ein Märchen aus Tausendundeiner Nacht. Der Goldene Tempel spiegelte sich unter dem nachtblauen Himmel im Honigsee. Dazwischen die farbenprächtigen Gewänder der meist schönen Menschen. Als gegen Mitternacht das Feuerwerk begann, fand der Jubel kein Ende.

Sahra hatte ihre braunen Haare mit einem hellblauen Seidentuch bedeckt. Sie saß auf einer Stufe neben Wulf und schien der Wirklichkeit entrückt. Es war, als ob sie sich seit ewigen Zeiten kennen würden – eine Art von Seelenverwandtschaft.

»Hallo, schläfst Du«, sagte Heidi und klopfte ihm auf die Schulter.

Er hob den Kopf und murmelte: »Gib mir noch'n Bier, Heidi.«

»Dich hat's aber erwischt, Junge, Junge«, bemerkte sie und fuhr fort: »Jetzt sag schon, was passiert ist.«

»Sahra –«, begann er, »ich traf sie vor einem Jahr in Indien, sie war auf Weltreise – alleine.«

»Was weiter?«, fragte Heidi ungeduldig.

»Am ersten Vollmond im November, also heute, wollte sie hier eintreffen – 23 Uhr, Nachtzug aus Frankfurt.«

Heidi legte ihre Hand auf die seine und sagte: »Ich ruf dir ein Taxi, in dem Zustand kannst du nicht mehr fahren.«

Zwanzig Minuten später hielt der Wagen in der Walterstraße 7.

»Fünfundzwanzig Mark achtzig«, sagte der Fahrer.

»Stimmt so«, sagte Wulf und gab ihm dreißig Mark.

»Besten Dank, der Herr«, entgegnete dieser, »vor zwei Stunden hatte ich auch 'ne Fahrt hierher, war aber niemand da – da habe ich ...«

Wulf schlug die Wagentür zu und ging durch den Vorgarten zu seinem Haus. Ungläubig starrte er auf den Türknopf mit dem orangefarbenen Tuch – jenes Tuch, das er im Goldenen Tempel als Kopfbedeckung getragen hatte.

»Sahra«, stöhnte er, »oh ich Idiot!«

Wulf stürmte ins Haus und rief die Taxizentrale an, die ihn mit seinem Fahrer verbinden konnte. »Was sagten Sie vorhin – Sie hatten eine Fahrt hierher? Und ...«

»Sie haben nicht zugehört«, unterbrach ihn der Mann: »Ich wollte Ihnen noch sagen, dass ich die Dame im Hotel ›Zur Post‹ abgesetzt habe.«

Wulf war wie von Sinnen, als er den verschlafenen Nachtportier anschrie: »Klar weiß ich, wie spät es ist – Mann, verbinden Sie mich auf der Stelle mit Frau Sahra Horn!«

Sie hatte auf seinen Anruf gewartet.

»Wulf – endlich! Ich bin auf dem Westbahnhof ausgestiegen, ich konnte ja nicht wissen, dass dieses Nest zwei Bahnhöfe hat.«

»Aber nur einen Novembermond«, antwortete er heiser.

Es ist nie zu spät

von Angela von Büdingen

Kurzvita: geb. in Frankfurt am Main, Dr. phil. Ich lebe mit meiner Familie in Freiburg, wo ich als Diplompädagogin, Heilpraktikerin und Autorin von Sachbüchern, Kinderbüchern und Kurzgeschichten tätig bin. Für meine eigenen drei Kinder schrieb ich Märchen und Geschichten, die zum Teil im Rahmen einer Kindersendung im Süddeutschen Rundfunk gesendet wur-den. Später kamen Kurzgeschichten für Erwachsene hinzu: „Gereimte Ho-möopathie", Haug-Verlag, 1997, „Nie mehr Migräne – wie Frauen sich befreien können", Hirzel-Verlag, 2002, „Natürliche Hilfe für den Rücken", Hirzel-Verlag, 2002, „Märchen für Minuten", Selbstverlag, 2001

Berta lebt allein. Seit Karl der Dicke tot ist, ist sie fast immer allein. Vorher ist sie nie allein gewesen. Karl war immer da. Tag und Nacht. Besonders, seit er in Rente war. Karl war Bertas Mann, und da gehört es sich ja wohl, dass man zusammen ist, denkt Berta und seufzt. Zusammen sein. Viel zu viel damals – viel zu wenig jetzt. Kann es denn nie richtig sein?

Berta setzt sich wieder an den Tisch. Sie stützt die Ellbogen auf die schwere Eichenplatte. Das Kinn legt sie in die nach oben gekehrten Handflächen. Ihr Blick wandert durch den altbekannten Raum. Vierzig Jahre in dieser Wohnung ... Überall an den Wänden hängen gerahmte Fotografien: Karl, Berta, Karl und Berta, Inge und Klaus mit den Kindern, Rolf und Anette – keine Kinder, warum nur? Ob sie nicht will? Wenn man nur wüsste!

Das Buntfoto über dem Büffet, das war im Urlaub vor fünf Jahren. Gut sah Karl da noch aus, braun gebrannt. War das der regnerische Sommer, als ... Oder nein, der mit der Hitzewelle, als das Wasser so knapp wurde? Aber die Gedanken lassen sich nicht festhalten, sie schwimmen davon ... Berta gähnt. Sie schaut auf die Uhr an ihrem Handgelenk. Wie langsam die Zeit rinnt!

Da, endlich, klingelt das Telefon. Es ist Inge.

»Hallo, Mutti! Wie geht's? Gut geschlafen? Kannst du mir heut'

Nachmittag auf Tim und Tine aufpassen? Ich hab um halb drei 'nen Friseurtermin! Wie? Ja! Unheimlich wichtig! Du, ich hab's wahnsinnig eilig, Mutti, also bis nachher dann, du kommst doch, ja? Fein! Tschüss!«

Klick! Sie hält den Hörer noch in der Hand. Inge hat aufgelegt. Langsam lässt Berta den Hörer zurück auf die Gabel gleiten. Nachher also zu den Enkelkindern. Eigentlich hatte sie sich heut was anderes vorgenommen, wollte mal in die Stadt. Aber das kann warten. Die Kinder gehen natürlich vor. Warum kann Inge nicht am Tag vorher Bescheid sagen? Aber Berta ist ja froh, dass sie gebraucht wird. Und jetzt muss sie sich sputen.

Pünktlich um vierzehn Uhr öffnet Berta die Gartenpforte im Wiesenweg Nr. 42. Sie unterscheidet sich nur unwesentlich von der zu Nr. 40, 44 und 46. Eine Straße, ein ganzes Viertel, ein Einfamilienhaus neben dem anderen, ruhig, gepflegte Vorgärten, und eins davon gehört Inge, ihrer Tochter – oder vielmehr Inges Mann, Klaus.

Berta wohnt in einem Mietshaus an einer verkehrsreichen Straße, vierter Stock, die Treppen schafft sie noch gut. In der zweiten und dritten Etage muss sie in letzter Zeit stehen bleiben und verschnaufen. Irgendwann wird Inge sagen: »Ach, Mutti, zieh doch zu uns! Die vielen Treppen, das ist nichts mehr für dich! Ist ja auch viel praktischer mit den Kindern!«

Platz wäre genug im Haus. Das Gästeappartement im Souterrain steht fast immer leer, Dusche, WC extra, alles da. Berta wird natürlich Ja sagen, sie sagt immer Ja, was bleibt ihr auch anderes übrig.

Sie hat den Schlüssel zur Haustür, aber den lässt sie in der Tasche und klingelt. Drinnen hört man schnelles Getrappel von Kinderfüßen, die Treppe runter, und dann wird die Tür aufgerissen: »Omi!« Das sind die schönsten Momente.

»Übrigens, Mutti«, sagt Inge, als sie blond gelockt und duftend vom Friseur zurückkommt, »es hat geklappt!«

»Was hat geklappt?«, fragt Berta ahnungslos.

»Na, du weißt doch, Mutti!« Inges Stimme hat schon wieder den ungeduldigen Ton, »die neue Altenwohnanlage hier grad um die Ecke! Klaus hatte sich doch beworben, und jetzt haben wir die Zusage, ist das nicht toll?«

»Wofür braucht Klaus denn ...?«, fängt Berta, die noch immer nicht versteht, an.

Doch plötzlich fällt es ihr wie Schuppen von den Augen, und vor ihr ersteht blitzartig ein grell beleuchtetes Bild von beißender Schärfe. Es ist ein Gefühl, als hätte jemand ein seit langem am falschen Platz stehendes Möbelstück zurechtgerückt; an der Wand bleibt ein helles Rechteck zurück.

Aber Inge rattert schon weiter von der hübschen, sonnigen Eineinhalb-Zimmer-Wohnung in der Anlage, der Alarmknopf am Bett, falls nachts mal was sein sollte, man kann ja nie wissen in dem Alter, und die Pflegeabteilung sei eine Etage tiefer.

Berta wird übel. Sie erhebt sich mühsam, geht zur Garderobe im Flur und nimmt ihren Mantel vom Haken. Der Hausschlüssel, Inges Hausschlüssel, klimpert in ihrer Tasche. Sie dreht sich zur Tür. Hinter sich hört sie Inges gereizte Stimme:

»Mutti, du hörst mir ja nicht mal zu! Interessiert dich das denn überhaupt nicht? Klaus und ich, wir reißen uns ein Bein aus, damit du die Wohnung kriegst, und du sagst nicht mal Danke! Warum rennst du jetzt eigentlich weg?«

»Ich bin müde!«, sagte Berta, und als sie es sagt, merkt sie erst, wie bleischwer ihre Glieder sind. Sie öffnet die Tür und tritt ins Freie, atmet tief durch und geht.

Es ist nicht allzu weit bis zu ihrem Wohnblock. Aber die vier Treppen machen ihr heute zu schaffen, mehr als sonst. Irgendetwas drückt ihr die Luft ab. So geht es nicht weiter!

In der Nacht schläft Berta schlecht. Unruhig fährt sie aus wirren Träumen auf: Inge, die auf einem hoch bepackten Heuwagen steht, die Zügel straff in der Hand.

»Hü!«, ruft sie jetzt und schnalzt mit der Zunge, um den alten Gaul anzutreiben. Ganz langsam setzt sich der Wagen in Bewegung. Unter seiner Last schwankt er sachte hin und her. Und da sieht Berta erst, dass der Wagen gar nicht mit Heu bepackt ist, nein, es sind ja ihre Möbel, es ist ihre gesamte Habe, die dort davonfährt! Berta will schreien, zum Wagen hinlaufen, ihn anhalten. Aber was ist das? Sie kann nicht weg, sie ist angeschirrt, sie ist es ja, die den Wagen zieht, und oben steht Inge und schnalzt mit der Zunge. Jetzt geht es auch noch den Berg hinauf, Berta muss heftig schnaufen mit ihrer Last, erste Etage, zweite, und jetzt kommen auch noch Stufen, gleich wird der Wagen umkippen ...

Berta fährt sich mit der Hand über die Augen. Eine blasse Morgendämmerung drängt sich durch die Rippen der Jalousie. Schon kann sie die Gegenstände im Zimmer unterscheiden: Der große Kleiderschrank, den wird sie nicht mitnehmen können, das Doppelbett auch nicht, wozu auch?

Unten auf der Straße schwillt der Verkehrslärm an: die morgendliche Rushhour, daran ist sie gewöhnt. Die Altenwohnanlage liegt ruhig. Es gibt dort einen Aufzug, das ist die Hauptsache.

Berta steht auf und macht sich einen Kaffee. Um neun Uhr ruft sie bei Inge an und sagt, daß sie es sich überlegt hat und dass sie die Wohnung in der Altenwohnanlage nimmt.

»Das war doch klar, Mutti! Klaus hat bereits gestern fest zugesagt!«, tönt es ihr aus dem Hörer entgegen.

Vier Wochen später zieht Berta um. Sie hat einen Container bestellt. Man kann ja nicht alles mitnehmen. Die Wohnung ist nicht mal halb so groß, und das letzte Hemd hat sowieso keine Taschen, und viel anderes kommt doch vorher nicht mehr, wenn man erstmal im Heim ist. »Endstation«, denkt Berta. Umzug – lauter kleine Abschiede, da kommt vieles nicht mit, ab in den Container, kleine Dinge, mit Liebe gesammelt ... So viele Fotos kann ja kein Mensch angucken, Trockensträuße, Bastelarbeiten von den Kindern, das war mal, alles vorbei, ade!

Die Altenwohnanlage ist vor zwei Jahren erbaut worden. Lautlos gleiten gläserne Schiebetüren zur Seite (Überbreite, wegen der Rollstuhlfahrer), um Berta in den Bauch des Ungetüms einzulassen, das sich wie ein ungeheurer Lindwurm über die gepflegten Grünanlagen wälzt. Sesam, öffne dich! Wie hieß es noch, das Zauberwort, das den Rückweg offen hielt? Auf einmal scheint es Berta wichtig, es zu wissen, aber sie weiß es nicht mehr, sie hat's vergessen. Und jetzt reißt sie sich am Riemen, strafft den Rücken, wozu noch ein Zauberwort, es gibt ja doch kein Zurück, alles fauler Zauber. Inge und Klaus fallen ihr ein.

Hinter ihr schieben sich die Türflügel zusammen. Vogelgezwitscher empfängt sie. Sie traut ihren Ohren nicht, sieht sich verwundert in der Eingangshalle um. Ach da, die Volière, dass sie die nicht gesehen hat! Vor ihr ein kleiner Springbrunnen, und gleich hier neben der Schiebetür ist das Café, da gibt's doch wenigstens was zu sehen; den ganzen Tag über gehen die Leute raus und rein, eine kleine Abwechslung für Alte, denen das Leben sonst nichts mehr zu bieten hat ...

Es ist Nachmittag. Das Café ist voll. Berta erwischt einen der letzten leeren Tische. Rechts und links von ihr Geplauder, Kuchengabeln klirren auf den Tellern. Sie bestellt sich einen Mokka, und als er gebracht wird, zahlt sie auch gleich. Dann, so denkt sie, gibt es nachher keinen unnötigen Aufenthalt.

Mit dem Auspacken und Einräumen ihrer Sachen muss sie nicht heute fertig werden, das hätte auch bis morgen Zeit, aber es lässt ihr keine Ruhe. Es soll alles wieder so werden wie früher und wird doch nie wieder so. Aber wenigstens will sie ihre Sachen um sich haben, denn mit dem vertrauten Krimskrams fühlt man sich doch ein wenig zu Hause in dieser fremden, feindlichen Welt.

»Ist der Platz noch frei?« Die höfliche Stimme reißt Berta aus ihren Gedanken. Sie nickt geistesabwesend, der Stuhl neben ihr wird zurückgeschoben, jemand setzt sich. Berta schaut nicht hin, aber die Stimme hat ihr gefallen. Dann schaut sie doch hin. Der Mann – groß, schlank, grauhaarig – gefällt ihr auch.

»Darf ich mich vorstellen? Mein Name ist Paul Wagner!«, sagt er und zieht den Stuhl näher an den kleinen, runden Tisch.

Berta nennt ebenfalls ihren Namen, und der Mann lächelt sie über den Tisch hinweg an. Berta errötet bis unter die Haarwurzeln, das ist ihr seit fünfzig Jahren nicht mehr passiert. Wie eine heiße Welle flutet es ihr in die Stirn.

Einen Moment bleibt sie verwirrt sitzen. Wie konnte ihr das passieren! Doch dann hat sie sich wieder im Griff, so denkt sie wenigstens. Schnell steht sie auf, stößt dabei mit dem Knie an den wackeligen

Tisch, dass die noch halbvolle Mokkatasse überschwappt, murmelt eine Entschuldigung und geht zum Aufzug. Doch der kommt nicht. Sie muss warten, und als sie sich umdreht, bemerkt sie, dass dieser Herr Wagner – oder wie er heißt – ihr nachschaut. Endlich öffnen sich die Türen, Berta verschwindet im Aufzug, fast geräuschlos schwebt sie hinauf in ihre Etage. Als sie den Gang entlang zu ihrer Wohnung geht, sieht sie schräg gegenüber an der Tür ein Schild mit der Aufschrift ›Paul Wagner‹.

Tief atmend zieht sie ihre Wohnungstür hinter sich zu. Hier ist es still, sehr still, anders als in dem Wohnblock, den sie vor kurzem verlassen hat. Die Nachbarn hier kennt sie nicht, außer ... Doch daran will sie jetzt nicht denken, nicht schon wieder!

Sie betastet die Wände, weiß, rau. Sie riechen noch neu; überhaupt riecht alles ganz anders als daheim. Sie betritt die Dreieinhalb-Quadratmeter-Küche. Nur künstliche Beleuchtung. Nicht ihr Fall, so was. In der alten Wohnung ..., denkt sie. Aber was hilft das, jetzt ist sie hier. Wenigstens steht das Bett schon, und sie geht hinein und versinkt in einen tiefen, traumlosen Schlaf.

Am Morgen, beim Zähneputzen, riskiert sie einen Blick in den Spiegel. Graues Haar, einige Fältchen, klar. Damit kann sie leben. Aber die braunen Augen blitzen unternehmungslustig, und sie trägt immer noch Größe vierzig.

In den folgenden Wochen begegnet sie Paul Wagner häufig im Flur. Sie reden miteinander, und es gefällt Berta. Und eines Morgens, als sie ihre Wohnungstür öffnet, steht ein riesiger Blumenstrauß davor, darin steckt eine Karte: EINLADUNG ZUM ABENDESSEN.

Berta freut sich zuerst. Doch dann denkt sie: Du liebes bisschen, du bist ja verrückt, worauf lässt du dich da ein? Eine Abendessenseinladung von einem Mann, in seine Wohnung, nur sie beide allein, das will schon was heißen! Und das in deinem Alter – was werden die Kinder sagen? Falls sie es je erfahren. Berta wird es ihnen nicht auf die Nase binden, besonders Inge nicht, die sie erst ein einziges Mal besucht hat, obwohl sie doch so nah wohnt.

Berta nimmt die Einladung an.

Am nächsten Morgen pfeift sie in ihrer Dreieinhalb-Quadratmeter-Küche vor sich hin, als sie den Kaffee aufbrüht, Brot, Butter und Marmelade zurechtstellt. Sie legt ihre Frühstücksunterlage auf den Wohnzimmertisch, neben die Zeitung. Um elf Uhr wird Paul sie abholen, zum Stadtbummel.

Die Frühstücksunterlage hat Berta mit Fotografien beklebt. In der Mitte ein Porträt von Karl, Großaufnahme, links daneben das Hochzeitsbild – wie schmal sie damals war, Kriegszeiten, es gab ja nichts, rechts oben dann die glücklichen Eltern mit ihrem ersten Sprössling, Inges Bruder Rolf, darunter Vater mit Sohn auf den Knien, Mutter mit der neugeborenen Inge im Arm. Ringsherum ist der Platz für weitere kleine Erinnerungsstücke genutzt. Wie schnell sie groß werden, die Kinder, und sie, Berta, alt, und Karl ist schon tot. Aber vielleicht ist es gut so.

Berta hat sich angewöhnt, morgens beim Frühstück mit ihrem Karl auf der Unterlage zu sprechen:

»Wie schön es doch war, und warum hast du mich hier allein gelassen?!« Aber heute hat sie keine Lust. Patsch! – sie stellt den weißen Porzellanteller dem Karl mitten ins Gesicht, Brot darauf, Butter. Und als das nicht reicht, weil an den Seiten immer noch Fotos herausgucken, dreht sie die Frühstücksunterlage kurz entschlossen um. Karl, Gesicht nach unten. So, jetzt ist Ruhe!

Dienstagmorgen, halb zehn. Berta erwacht vom Schrillen des Telefons. Sie beugt sich über Paul, um den Hörer auf dem Nachttisch zu erreichen. Es ist Inge.

»Hallo, Mutti! Wie geht's, gut geschlafen? Man hört ja überhaupt nichts mehr von dir! Kannst du mir heut Nachmittag auf Tim und Tine aufpassen? Ich hab um halb drei 'nen Friseurtermin! Wie? Ja, natürlich unheimlich wichtig! Du, ich hab's wahnsinnig eilig, Mutti, also bis nachher dann! Wie bitte?? Du kannst nicht?! Das gibt's doch gar nicht! Was, verabredet? Du? Das kann doch nicht so wichtig sein! Mit wem denn überhaupt? Nein! In deinem Alter? Das ist ja wohl zum Lachen! Wie – du kommst wirklich nicht? Aber Mutti, das ist ja noch nie da gewesen, dass du mich so im Stich läßt! Waaas? Dein eigenes Leben? Ja, aber ...«

Herbstfarben

von Sigrid Charlet

Kurzvita: geb. in Stettin, seit 1949 wohnhaft in der Schweiz. In Zürich habe ich drei Jahre die Kunstschule besucht und Innenarchitektur studiert. Anschließend ging ich nach Lausanne an die Hotelfachschule. Nach dem Tode meines Mannes arbeitete ich bis zu meiner Pensionierung in einer Seniorenresidenz. Da ich viel erlebt und viel zu erzählen habe, habe ich angefangen zu schreiben.

Meine Scheidung von Alexander war besser verlaufen, als ich erwartet hatte. Ich war zufrieden, hatte sie herbeigesehnt, doch jetzt, wo alles hinter mir lag, fühlte ich mich elend, trostlos und verlassen. Mit fünfundsechzig Jahren stand ich wieder alleine im Leben. Ich setzte mich in meinen Wagen und fuhr mit offenen Augen durch die blühende Landschaft. Vor einem kleinen Landgasthof machte ich Halt, setzte mich auf die Terrasse unter eine Linde und bestellte mir einen Kaffee. Ein Wohlsein erfasste mich. Plötzlich hörte ich mich fragen, ob in dieser reizenden Gegend vielleicht ein Häuschen oder eine Wohnung zu vermieten sei. Und tatsächlich, die Wirtin trocknete sich die Hände und kam an meinen Tisch.

»Guten Tag«, sagte sie freundlich, »ich glaube, ich habe etwas für Sie, wenn Sie sich mit einem kleinen Drei-Zimmer-Haus zufrieden geben?« Ich schaute sie erstaunt an: »Wissen Sie denn etwas für mich?«

»Das soll wohl sein – Nicole!«, rief sie, und ein zierliches Geschöpf, von kaum achtzehn Jahren kam aus der Küche. »Das ist meine Tochter Nicole. Sie hat das Häuschen von ihrem Vater geerbt. Jetzt wohnt sie noch bei mir, wenn es Ihnen gefällt, können Sie es für ein paar Jahre mieten, wenigstens so lange, bis meine Tochter heiratet. Nicole, zeige doch bitte der Dame ... Wie war doch Ihr Name?«

»Melanie Martin!«

»Zeige doch bitte Frau Martin dein Haus.«

Nicole reichte mir die Hand. Sie war klein und schmal, hatte aber einen erstaunlich festen Druck.

»Guten Tag, Frau Martin, wenn Sie Ihren Kaffee getrunken haben, können wir gehen, Sie brauchen Ihren Wagen nicht, es ist gleich hier drüben, auf der anderen Seite der Sägemühle.«

Ich traute meinen Augen nicht. Ein weißes Häuschen mit roten Dachziegeln und rotbraunen Fensterläden leuchtete in der Sonne. Nur ein kleiner Sandweg führte dorthin. Rechts vom Weg lagen Wiesen und auf der anderen Seite grenzte ein Mischwald. Ich stand auf, sie nahm meine Hand und zog mich über die Straße. Der Weg war doch länger, als er vermuten ließ, das war mir nur recht. Hinter zwei Weißtannen versteckt lag ein kleiner Garten, umgeben von einer niedrigen Wildrosenhecke. Neben der Eingangstür stand ein alter, rustikaler Schmalztopf voller erster Frühlingsblumen.

»Das sieht ja wie ein Empfang aus!« Nicole lächelte. »Kommen Sie bitte rein!«

Wir traten in eine von Sonne überflutete Halle. Überall waren die Fensterläden offen, es roch nach Blumen und Sauberkeit.

»Ist dieses Haus bewohnt?«, fragte ich erstaunt.

»Ja und nein, ich komme jeden Tag hierher, denn ich liebe dieses Haus sehr. Es sollte das Hochzeitsgeschenk meines Vaters werden. Leider hat er uns zu früh verlassen. Thomas und ich wollen aber erst heiraten, wenn er sein Studium als Forstingenieur beendet hat, und das kann noch ein Weilchen dauern. Wir haben ja Zeit, das Leben liegt noch vor uns.«

Das war wirklich ein reizendes Haus. Ich würde es mieten, wenn der Preis zufrieden stellend war. Ich war mir bewusst, dass meine finanzielle Lage nach der Scheidung nicht mehr so rosig war. Wir wurden uns einig, der Preis war annehmbar und, was für mich sehr wichtig war, ich konnte so schnell wie möglich einziehen. Wir saßen noch fünf Minuten vor dem Haus auf der Bank und hörten dem Gezwitscher der Vögel zu. Dann gingen wir langsam ins Wirtshaus zurück. Ich leistete eine Anzahlung, den Vertrag würde ich dann später abholen, verabschiedete mich und stieg in meinen Wagen, um nach Hause zu fahren. Das Glücksgefühl, welches mich gepackt hatte, wurde immer größer. Vielleicht war ich doch nicht ganz von Gott verlassen. Die Sonne war noch nicht untergegangen. Mir blieb Zeit für einen kleinen Spaziergang durch den Wald. Dieses Glücksgefühl wollte ich voll ausleben. Nur nicht mehr an Alexander denken, er war es nicht wert! An seinem Charakter war nichts zu ändern, auch eine Steinkohle kann man waschen, sie wird doch ewig schwarz bleiben. Hinter mir vernahm ich ein leises Rascheln. Schritte kamen näher. Ein großer, schlanker Herr zog seinen Hut und grüßte freundlich im Vorbeigehen. Er führte einen kleinen, grauen Schnauzerhund spazieren, der fröhlich hin und her sprang. Plötzlich hörte ich mich rufen: »Nicolas!« Langsam drehte sich der Herr nach mir um und schaute mich fragend an: »Kennen wir uns?«

Ich lief auf ihn zu, das war doch nicht möglich, diese Ähnlichkeit! Oder gingen nur meine Wunschträume mit mir durch? »Ich bitte vielmals um Entschuldigung«, stammelte ich verlegen, »Sie sehen einem lieben Bekannten sehr ähnlich.« Ich wollte weitergehen, wie konnte ich ihn nur mit ›Nicolas‹ anreden! Nicolas hat es für mich nur einen gegeben, meine große Liebe. Seine Leidenschaft waren die Berge, die ihm zum Verhängnis wurden. Er kam durch eine Eislawine im Himalaja ums Leben. Wie anders wäre mein Leben mit ihm verlaufen! All diese Sinnlosigkeit, die Tränen und Enttäuschungen mit Alexander wären mir erspart geblieben.

Ich wollte umdrehen, zu meinem Wagen zurückgehen, lief aber automatisch an der Seite des unbekannten Herrn weiter. Wir plauderten über seinen lustigen Hund, über das Wetter und andere Nichtigkeiten. Er begleitete mich bis zu meinem Wagen. Ich wünschte einen guten Abend und fuhr nach Hause.

Glücklich fing ich an, meine Sachen zu sortieren und einzupacken. Ich musste so schnell wie möglich hier raus, die Türe schließen und vergessen. Plötzlich spürte ich einen Drang nach etwas Süßem. Ich band mir die Schürze vor und backte einen Kuchen. Auch wollte ich meinen neuen Vermietern eine Freude machen. Am nächsten Tag war der Himmel grau. Ich beeilte mich, um noch vor dem Regen nach Savigny, meinem neuen Zuhause, zu kommen. Im Restaurant ging ich mit meinem Kuchen direkt in die Küche.

Nicole stand am Herd und ließ ein großes Stück Fleisch in der Pfanne brutzeln. Ihre Mutter und eine Küchenhilfe rüsteten Gemüse, welches sie gerade frisch aus dem Garten geholt haben musste, die Karotten waren noch voller Erde. Beide waren erfreut, mich so schnell wiederzusehen.

»Ich bringe Ihnen eine Kleinigkeit zum Kaffee, habe ihn selber gebacken.« Dabei stellte ich den Kuchen auf den Tisch.

Der Regen hatte eingesetzt. Die kleine Gaststube war schnell besetzt mit triefend nassen Spaziergängern, die vom Regen überrascht worden waren. Ich setzte mich an einen kleinen Tisch, der ein wenig abseits stand, und bestellte mir das Tagesmenü. Während der Wartezeit organisierte ich in Gedanken meinen Umzug.

Die Tür ging auf. Da sah ich ihn wieder, den Herrn aus dem Wald, den ich mit ›Nicolas‹ angeredet hatte. Ein Gefühl der Freude belebte mich. In meinem Unterbewusstsein musste ich mir wohl gewünscht haben, ihn wiederzusehen.

Er stellte seinen großen Schirm in den Ständer und glättete mit der Hand sein Haar. Sein Blick ging durch die Gaststube. Dann sah er mich, über sein Gesicht ging ein Lächeln. Er kam auf mich zu und begrüßte mich wie eine alte Bekannte. »Wie ich sehe, haben Sie es vor dem Regen geschafft, hierher zu kommen.«

Ich gab ihm die Hand. »Bitte setzen Sie sich zu mir«, bat ich ihn, denn wie ich sah, war kein Tisch frei und er schaute sich Hilfe suchend um. Dankend nahm er mein Angebot an und stellte sich vor: »Mein Name ist Gerald Ray, ich bin Inhaber der kleinen Sägerei hier drüben auf der anderen Straßenseite.«

»Melanie Martin«, machte ich mich bekannt, dabei hielt er immer noch meine Hand in der seinen, die trocken und warm war.

»Frau Martin? Haben Sie das Häuschen von Nicole gemietet?«

»Ja«, erwiderte ich freudig, »darüber bin ich sehr glücklich.«

»Dann sind wir ja Nachbarn! Darf ich Sie zu einem Gläschen Wein einladen, damit wir auf gute Nachbarschaft anstoßen können?« Er bestellte den Wein und lud auch Nicole und ihre Mutter zu einem Gläschen ein.

Es wurde September, bis ich das Häuschen fertig eingerichtet hatte. Hübsch war es mir gelungen. Die Wohnung strahlte Wärme und Behaglichkeit aus. Jetzt konnte ich wieder meinen Gewohnheiten nachgehen oder gemütlich in den Tag träumen.

Die Schatten der Bäume wurden länger. Lieblich stieg mir der letzte Duft der Blumen in die Nase. Die Blüten, die wie ein großartiges Feuerwerk ihre Pracht versprühten, schlossen langsam ihre Kelche für die Nacht. Überall war Stille, nur die Grillen zirpten. Dann hörte ich Schritte auf dem kleinen Sandweg. Vor mir stand Gerald. »Guten Abend, Melanie, darf ich Sie zu einem Gläschen Porto zu mir einladen?« Ohne meine Antwort abzuwarten, nahm er meinen Arm, und gemeinsam gingen wir in seine Wohnung.

Gerald schürte das Feuer im Kamin und legte noch ein paar Holzscheite nach. Ein offenes Buch lag auf dem Tisch und eine angerauchte Zigarre. Das Feuer fing an zu knistern. Kleine Flammen tanzten ums Holz und verströmten eine angenehme Atmosphäre. Der Abend war warm, Gerald öffnete die Tür zur Terrasse. Ich atmete tief durch und setzte mich in einen Korbsessel. Von weither rief ein Käuzchen. Ab und zu hörte man die Glöckchen der Schafe bimmeln, die auf der nahen Wiese grasten. Ein leiser Wind brachte ein Gemisch vom Geruch der Tiere und von frisch gesägtem Holz zu uns.

Gerald holte eine Flasche Portwein aus dem Keller, stellte zwei Gläser auf ein Tablett und setzte sich zu mir. Wir unterhielten uns. Er erzählte mir von seiner verstorbenen Frau. Feuerrote Haare hatte sie und die Nase war mit vielen kleinen Sommersprossen übersät. Immer war sie guter Laune und voller Humor. So schilderte er sie. Dabei lag ein weicher Zug um seine Lippen und in seiner Stimme eine gewisse Melancholie.

Auch ich erzählte ihm aus meinem Leben. Von meiner Liebe zu Nicolas und anschließend die gescheiterte Ehe mit Alexander. Ich ließ nichts aus und verschönerte nichts. Je weiter die Nacht fortschritt, umso leichter wurde mir ums Herz. Oder war es der Portwein, der mir ein Gefühl der Unbeschwertheit gab? Ich empfand eine Geborgenheit wie selten zuvor in meinem Leben.

Seither wurden uns unsere täglichen Spaziergänge und unser Nachmittagstee ein Muss.

Fünf Jahre waren vergangen. Ich feierte meinen siebzigsten Geburtstag. Dazu hatte ich meine neuen Freunde ins Restaurant eingeladen. Bei dieser Gelegenheit wollte ich ihnen meinen Umzug in eine Seniorenresidenz ankündigen. Nicole wollte heiraten, Thomas hatte sein Forstingenieurdiplom in der Tasche, also musste ich mich nach einer anderen Bleibe umsehen.

Ich stand lange vor meinem Ankleideschrank und konnte mich nicht recht entscheiden, was ich anziehen sollte. Zu guter Letzt wählte ich doch ein dunkelrotes Seidenkostüm. Es war schlicht geschnitten und ich fand, es stünde mir besonders gut. Der Friseur hatte meine langen Haare mit einem Silberglanz gespült und zu einem lockigen Knoten aufgesteckt. Ich legte noch ein diskretes Rouge auf und war mit meinem Spiegelbild zufrieden. Es klingelte. Vor der Tür stand Gerald mit einem Blumenstrauß.

»Alles Gute zum Geburtstag, Melanie, ich bin gekommen, Ihnen meinen Arm anzubieten, um Sie ins Restaurant zu führen.«

Draußen war es noch hell, der Abend war warm und wir gingen langsam den Weg zum Restaurant hinauf. Zum ersten Mal fiel mir auf, dass Gerald ein wenig das linke Bein nachzog und eine Brille trug, die ihm sehr gut stand. Leicht drückte er meinen Arm, ich gab den Druck lächelnd zurück. Dabei spürte ich seit langem wieder dieses wohlige Kribbeln in mir. »Melanie, was soll das, du bist jetzt 70 Jahre alt!« Ja, was sollte es? Monate, sogar Jahre können verrinnen in nie endenden Ängsten und Sorgen, die einem das tägliche Leben zur Qual werden lassen. Wo gibt es noch Hoffnung auf ein wenig Glückseligkeit? Und dann spürt man den Druck eines Armes und man sieht tausend Sterne am Himmel funkeln. Ich fragte mich, ob ich diesen Segen nicht nur träumte. Wie konnte ich diesen Moment halten? Mir wurde so langsam klar, dass ich Gerald liebte. Für mich war er die Kraft, das Vertrauen, die Energie und Zuversicht.

Am nächsten Tag schlief ich bis tief in den Morgen. Wir hatten fast bis zwei Uhr morgens gefeiert. Leicht und sorglos stand ich auf. Mir war ein Stein vom Herzen gefallen. Der Abend war wider Erwarten wundervoll verlaufen, niemand sagte ein Wort, als sie meinen Entschluss hörten, in ein Altersheim zu gehen. Nur Gerald legte seine Hand auf die meine und drückte sie.

Es wird mir schwer fallen, aus diesem Häuschen zu ziehen, aber ich hatte doch vieles gewonnen, neue Freunde und Nachbarn. Sie alle hatten mir den Weg gezeigt, glücklich zu sein, an Treue und an Gott zu glauben, und dafür musste ich dankbar sein.

Es läutete, vor der Tür stand Gerald. Automatisch zog ich meinen Morgenmantel enger um mich. »Komme ich ungelegen? Ich muss mit Ihnen sprechen!« Als ich ihn fragend ansah, ergänzte er: »Sie haben mir gestern Abend einen schönen Schrecken eingejagt!«

»Guten Morgen, Gerald, bitte entschuldigen Sie mich, ich habe mich verschlafen. Aber kommen Sie rein und trinken Sie eine Tasse Kaffee mit mir.« Ich ging voraus und stellte die Kaffeemaschine an. Gerald folgte mir und stellte sich vor den Tisch, so, dass ich mich nicht setzen konnte. Dann packte er mich bei den Schultern und sagte: »Melanie, ich habe vergessen, Ihnen einen Geburtstagskuss zu geben, darf ich das nachholen?« Ehe ich antworten konnte, küsste er mich mitten auf den Mund. Alle Blumen blühten plötzlich und alle Vögel sangen auf einmal. Ich floss über vor Glück. Dann sagte er: »Muss das sein? Sie wollen in ein Altersheim? Es gibt doch genug Möglichkeiten, einen schönen Lebensabend zu verbringen.«

Dieses unaussprechliche Wohlgefühl war wieder da, wenn Gerald in meiner Nähe war. Diese Freundschaft – oder war es Liebe, die ich empfand? – war ein verhülltes Mysterium.

Der Kaffee war durchgelaufen. Ich goss die Tassen voll. Einen Moment saßen wir uns schweigend gegenüber.

Das Telefon läutete. Ich beeilte mich, den Hörer abzunehmen. »Hier spricht Frau Yolande, von der Residenz Chandieu«, hörte ich eine freundliche Stimme sagen. »Falls Sie noch zu uns kommen möchten, Ihr Zimmer wird in zehn Tagen fertig sein. Es wird gerade neu gestrichen.«

Gerald schaute mich ängstlich an: »Ist es so weit?«

»Ja, es ist so weit.« Wir setzten uns und tranken schweigend unseren Kaffee. Wenn er doch nur etwas sagen würde, mich von meinem Vorhaben abbringen oder zureden, aber er blieb stumm wie ein Karpfen.

Zehn Tage später waren meine Koffer gepackt. Ich wartete auf meine Freunde, die mich auf den Mont-Pèlerin begleiten wollten.

Zum letzten Mal setzte ich mich auf die Bank vor dem Hause und ließ mir den kalten Morgenwind um die Nase wehen. Dabei versuchte ich, die Blätter an den Bäumen zu zählen, die sich noch gegen ihr unwiderrufliches Schicksal zu wehren versuchten. Es war Herbst geworden, das hieß: Abschied nehmen.

Drei Monate waren seither vergangen. Vor vier Wochen hatte Gerald mir einen Heiratsantrag gemacht. Wir gingen am See spazieren. Es wehte ein leichter Wind und ließ die Wellen ruhig gegen den Kai plätschern. Ich zog meinen Mantelkragen hoch. Plötzlich blieb er stehen, nahm meinen Kopf in seine Hände und drückte ihn an seine Brust. So verharrten wir ein Weilchen. Ich gab mich ganz diesem Gefühl der Geborgenheit hin. Doch dann hielt er mich auf Armeslänge von sich und schaute mich ängstlich an: »Warum antwortest du mir nicht?«

»Was soll ich denn antworten? Ich habe kein Wort verstanden, du hältst mir ja die Ohren zu.«

»Ach Melanie, mein lieber Schatz, wie soll ich es dir sagen? Ich möchte mit dir leben, mit dir eine Liebesgeschichte erleben, so rein und wunderschön, dass sich unsere Urenkel noch daran erfreuen können. Willst du mich heiraten? Auch wenn ich dir nichts zu bieten habe? Vielleicht werde ich in Kürze mit einem weißen Stock herumlaufen müssen. Mein Augenlicht nimmt ab, aber meine Liebe zu dir nimmt zu. Ich möchte dir alles schenken, was groß und heilig in mir ist.«

Ich stand da wie ein Klotz und vergaß fast zu atmen. Wie sehr hatte ich diesen Moment herbeigesehnt, jetzt, wo er da war, war ich blockiert. »Mein Gott, Gerald!«, brachte ich nur gerade hervor, dann sprach ich auch schon weiter: »In der Residenz Chandieu sind die Alterswohnungen gerade fertig geworden, es sind reizende Zwei- oder

Drei-Zimmer-Wohnungen mit Bad und Balkon und einer Nische zum Kochen. Ich habe sie mir heimlich angeschaut, als du in Leukerbad warst. Man hat dort absolut nicht das Gefühl, in einem Altersheim zu sein. Dieses Wort ›Altersheim‹ kann ich nicht ausstehen. Und doch muss man weiterdenken. Wir werden ja nicht jünger, wenn wir mal einen Arzt brauchen, na dann klingeln wir eben, so einfach ist das.«
»Ja, so einfach ist das.«
Es war eine klare Nacht. Der Mond schien durch mein Fenster und zeichnete scharf die Umrisse aller Gegenstände. Mein Blick fiel auf den Strauß Gladiolen, den ich gestern durch einen Boten erhielt. Auf der Karte stand geschrieben: »Auf Lateinisch bedeutet Gladiole ›kleines Schwert‹. Damit dich, mein lieber Schatz, der Kampfgeist nicht verlässt. Bis Donnerstag, ich liebe dich, Gerald.« Ich weiß nicht, wie lange ich so viel Glück ertragen kann, bevor mir das Herz zerspringt. Ich weiß auch nicht mehr, zu welcher Konfession ich noch gehöre, aber ich habe das Verlangen, in die Kirche zu gehen und ein Dankgebet zum Himmel zu senden, zu dem Gott aller Götter, ganz gleich, welchen Namen man ihm gibt.

Die kleine Kirche lag gleich neben der Cafeteria. Sie war neu renoviert und roch noch stark nach frischer Farbe. Ich war alleine, alles war ruhig, eine tiefe, heilige Stille. Mein Kopf ruhte auf meinen gefalteten Händen. So saß ich da und vergaß die Zeit.

Und so war ich mit siebzig Jahren noch einmal bereit, von ganzem Herzen mein Jawort zu geben. Hand in Hand standen wir vor dem Traualtar. Mein »Ja, ich will!« war ganz bewusst, voller Zuversicht und ohne Angst. Ich war mit meinem ganzen Sein bei dieser kleinen Zeremonie, nahm jedes Wort, jede Geste glücklich in mich auf. Anschließend gab uns der Pastor in der Kapelle von Chandieu seinen Segen.

Genau ein Jahr sind wir jetzt verheiratet. Eine kleine Zwei-Zimmer-Wohnung in der Residenz Chandieu ist unser Zuhause. Wir kommen gerade von unserem Spaziergang zurück. Gerald sitzt am Fenster, während ich den Tee zubereite. Die Sonne scheint, der Himmel ist tiefblau und die Wiesen leuchten voller Herbstzeitlosen in ihren schönsten Farben.

Mein Leben ist ausgefüllt und glücklich. Jeden Nachmittag lese ich Gerald aus einem Buch vor. Seine Augen sind trübe geworden, er ist fast blind. Aber wenn er mit seinen Händen zärtlich über mein Gesicht fährt, sagt er jedes Mal: »Wie schön du bist!« Diese Vertrautheit und Geborgenheit, dieses leise Glück der Zweisamkeit kann uns niemand mehr nehmen. Nur wenige Frauen erleben so einen Himmel der Liebe, wie er mir in meinem Alter beschieden ist.

In der Schlucht

von Heinz-Dieter Ebbinghaus

Kurzvita: geb. in Hemer (Westfalen), Studium der Mathematik, Physik und Philosophie in Münster. Ich lehre an der Universität Freiburg Mathematik und ihre Grundlagen. Ich glaube, dass das Verfassen wissenschaftlicher Texte und das Schreiben sich nicht wesensfremd gegenüberstehen, sondern voneinander Anregung und Förderung erfahren.

Warum hatte er sich eigentlich darauf eingelassen, durch diese Schlucht zu wandern? Zwischen Wänden, die den Blick gefangen hielten. Der Weg führte steil hinauf. Immer wieder musste er innehalten, um Atmung und Herzschlag zu beruhigen. Und immer wieder Geröll, das ihm den Halt entzog. Einige Male bereits war er gestürzt. Sein rechtes Knie hatte er sich aufgeschlagen. Warum das alles? Wollte er sich beweisen, wie rüstig er noch war? Lockte das Ziel? Schließlich, so hatte er gehört, würde die Schlucht in einen unermesslichen, allseits offenen Kessel münden. Ja, es war wohl dieses plötzliche Umschlagen von grauer Enge und Zwang in Freiheit und lichte Weite, das ihn anzog. Das Gefühl, das von ihm Besitz ergreifen würde, wenn der Raum seine Umklammerung lösen und zu einem großen, hellen Rund zerfließen würde. Dann würden alle Richtungen ihm gehören, und es gäbe nichts, das ihn zurückzwingen könnte zwischen die Wände, denen er entronnen war.
Die Steigung ließ nach. Er beschleunigte seine Schritte. Auf den Felsen, die rechts und links emporwuchsen, streckten sich blassgrüne Flechten. Über ihm eine Bahn von hellem Grau. Der Bach hatte sich tief in sein Kiesbett zurückgezogen. An den Ufern ein paar kümmerliche Fichten. Es mochte etwa zwei Uhr sein. Vielleicht die Zeit für eine kurze Rast. Erstaunt stellte er fest, dass er seit dem Aufbruch am frühen Morgen nichts gegessen und nichts getrunken hatte. Auch jetzt verspürte er weder Hunger noch Durst. Seinem Knie tat das zügige Ausschreiten gut. Er beschloss, weiterzugehen. Sein Brot konnte er später mit den Dohlen teilen.

Unwillkürlich horchte er. Kein Finkengesang, kein Dohlengezänk. Überhaupt kein Laut, nur Stille. Stille, die sich schwer über ihn legte. Durch sie hindurch bemerkte er, dass auch das Wasser still war. Sogar das Licht war still. Kein Schatten, der ihm leichtfüßig vorauseilte, der den Dingen eine vertraute Dimension verliehen hätte. Erst jetzt fiel ihm auf, dass er bisher keinem Menschen begegnet war. Offenbar hatte er in der Erwartung des Ziels und wegen der Aufmerksamkeit, die der Weg von ihm forderte, den Dingen um sich herum alle Beachtung entzogen.

Ein Gedanke durchfuhr ihn: Wenn am Ende der Schlucht ein Erlebnis äußerster Befreiung alle Mühe belohnte, warum wollten nicht andere sich so belohnen lassen? Er konnte doch nicht der Einzige sein, der davon gehört hatte. Führte die Schlucht wirklich zu jenem Rund, das noch vor einigen Minuten licht und weit, mit Schatten und singenden Vögeln vor ihm zu liegen schien? Hatte er sich überhaupt vergewissert, dass er auf dem richtigen Weg war? Hatte er irgendwo ein Wanderzeichen gesehen? Wusste er eigentlich, welchen Teil der Strecke er bereits zurückgelegt hatte? Sollte er umkehren? Aber was erwartete ihn dann? Das Geröll hatte schon seinen Aufstieg behindert. Bergab würde er sich noch unsicherer fühlen, und ein Sturz könnte ernsthafte Folgen haben. Sein Herz schlug schneller. Noch einmal ein kurzer Blick zurück. Er setzte seinen Weg fort.

Die Zeit verstrich. Sein Knie begann zu schmerzen. Mit jedem Schritt schien das Ziel weiter hinauszugleiten. Die Steigung war zurückgekehrt und mit ihr das Geröll. Die Flechten an den Wänden neben ihm und die Fichten, an denen er entlangstreifte, hatten ihr Grün verloren. Kein Schatten, kein Laut, und jetzt auch keine Farbe mehr. Eine müde, graue Leere legte sich über ihn, eilte ihm voraus, schluckte, was er erreichen wollte, schluckte einfach alles. Er fühlte, dass sein Knie anschwoll. Die Schmerzen wurden stärker. Nur noch Leere und Schmerz in der Schlucht, in der Welt. Erschöpft setzte er sich auf einen Stein, der, einer Bank gleich, gegen den Fels lehnte.

Als er die Augen aufschlug, war es dunkel geworden. Dort, wo sich über ihm das lichte Band gewölbt hatte, war ein Rest von Helligkeit verblieben. Und auf dem Weg vor ihm ein letztes graues Glühen. Enttäuschung und Beklemmung erfassten ihn. Konnte er das Ende der Schlucht überhaupt noch erreichen? Sollte das gelingen, würde es dann nicht so sein, als träte er aus einem dunklen Flur in eine dunkle Halle? Oder aus einem dunklen Flur in eine weite, helle Halle, jedoch mit einer Binde vor den Augen? Erinnerungen an Kinderspiele keimten auf, an übermütige Rufe von heiß und kalt, an mühsam unterdrücktes Kichern. Hier war es still. Kein Kinderlachen. Nur dunkle Wirklichkeit. Seine Stimmung schwang wie eine Schaukel zwischen ängstlicher Unrast und müder Gleichgültigkeit, kam irgendwo dazwischen zu resignierender Ruhe. Seufzend lehnte er sich wieder zurück.

War er jetzt am Ziel, nicht an dem, das er sich gesetzt hatte, sondern an dem, das ihm gesetzt war? Aber wer hatte dann diese Setzung vollzogen? Gab es jemanden, der dazu befugt war? Der alle Pläne durchkreuzen konnte? Der Gehorsam verlangen konnte, ohne einen Befehl ausgesprochen zu haben? War nicht schon der Weg hierher immer mehr den Erwartungen entglitten? War da der gleiche Urheber am Werk? Wer hatte ihm das Singen der Vögel, das Plätschern des Wassers, das Grün der Flechten genommen?

Irgendwo in ihm keimte Widerstand. Er blickte auf. Um ihn herum das gleiche stille Grau. Nahezu schwarz dort, wo die Wände aufragten. Darüber immer noch erkennbar das hellere Band, und wie ein schwacher Widerschein, kaum noch wahrnehmbar, der Weg, aufsteigend, um in unbestimmter Ferne in einem Aufflackern von Helligkeit mit seinem Urbild zu verschmelzen.

Er stand auf, streckte sein schmerzendes Knie, prüfte tastend das Geröll und setzte sich vorsichtig in Gang. Warum hatte er am Morgen nicht der Versuchung nachgegeben, sich einen kräftigen Stecken zu schneiden? Unnötig, so hatte er gemeint, seine Augen würden ihm schon sagen, wo er Halt fände. Als er dann stürzte, hatten die Büsche mit ihren schlanken Trieben bereits weit hinter ihm gelegen. Jetzt empfand er jeden Schritt als Wagnis. Bald jagten sich Herz und Atem.

Er musste innehalten. Weit konnte er noch nicht gestiegen sein. Vorsichtig wandte er sich um. Und erschrak jäh. Unmittelbar hinter ihm ging eine schwarze Gestalt. Den Umrissen nach, die sich zerfließend gegen das Innere der Schlucht abhoben, offenbar ein Mann, ähnlich wie er gekleidet, leicht gebeugt, vielleicht von gleichem Alter. Warum hatte er ihn nicht kommen hören? Auf diesem Geröll! Vermutlich hatten seine eigenen Geräusche alles überdeckt. Aber ein solcher Gleichklang, ein solch übereinstimmender Rhythmus der Schritte? Warum hatte sich der Fremde noch nicht bemerkbar gemacht? Eigentlich wäre das ein Gebot der Höflichkeit und der Rücksichtnahme gewesen. Er versuchte, die Gesichtszüge zu erkennen, um herauszufinden, ob er sich bedroht fühlen musste oder einen Gefährten gefunden hatte, mit dem er die Mühsal des restlichen Weges teilen konnte. Doch der Fremde hielt seinen Blick gesenkt, widmete seine ganze Aufmerksamkeit dem Geröll. Und dessen grau verglimmende Glut gab zu wenig Licht, ließ das Gesicht wie eine dunkle Maske erscheinen, hinter die er nicht blicken konnte.

Sollte er ihn begrüßen? Eigentlich war das einfach, ein zwangloses »Hallo«, ein fragendes »Guten Abend«. Doch er schwieg. Es war ein spontaner Entschluss. Vielleicht scheute er sich, die Stille zu durchbrechen, die ihn in den letzten Stunden begleitet hatte. Sollte der Fremde ihn ansprechen! Schließlich war der ja bereits eine Weile hinter ihm hergestiegen. Doch auch der Fremde machte keine Anstalten zu grüßen, kam, ohne aufzublicken, heran, war jetzt an seiner rechten Seite. Er fühlte die körperliche Nähe und wich aus, erstaunt, ja, verärgert über so wenig Rücksichtnahme. Schon hatte er ein Wort der Entrüstung auf den Lippen. Da ergriff der Fremde im Vorübergehen seinen Arm. Ihm war, als nähme er ein kurzes, aufmunterndes Nicken des Kopfes wahr. Wie selbstverständlich schloss er sich an.

Gegen die schwarzen Wände hob sich die Gestalt des Alten nicht mehr ab. Aber er fühlte den stützenden Griff, der sein Knie entlastete. Ihm schien es, als seien sie bereits den ganzen Weg gemeinsam gegangen. Die ruhigen und regelmäßigen Atemzüge neben ihm ließen die Stille schmelzen, die sich so bedrohlich über alles gelegt hatte. Sie prägten auch seinem eigenen Atem ihren stärkenden Rhythmus auf. Zwar zehrte der Anstieg weiter an seinen Kräften, doch Sicherheit und Zuversicht kamen zurück. Ein leichter Luftzug kühlte seine Stirn. Unter ihm, wo er das Kiesbett des Bachs vermutete, tropfte es wie ein Gewebe aus Klang.

Der Weg verlief jetzt eben. In der Ferne hörte er Stimmen. Der Alte beschleunigte seine Schritte, schob ihn energisch mit sich. Es schien, als öffne sich vor ihm ein großes, helles Tor, durch das die Stimmen herüberdrangen. Er war zu müde, um darüber nachzudenken. Die Stimmen wurden deutlicher. Erleichterung klang aus ihnen. Auch die Helligkeit wurde intensiver. Schon traten die Wände neben ihm aus dem Dunkel. Der Alte hatte losgelassen und ging jetzt hinter ihm. Er drehte sich um, wollte sich mit einem freundlichen Wort bedanken. Doch erstaunt hielt er inne. Er sah in sein eigenes Gesicht.

Das Licht, das durch das weit geöffnete Tor drang, umflutete ihn. Lächelnd schloss er die Augen. Er hatte es geschafft.

Max Blume

von Tom Falk

Kurzvita: geb. und aufgewachsen in Passau. Die Ausbildung zum Kriminal - beamten führte mich in die Stadt München, in der ich heute immer noch lebe. Ich bin verheiratet und habe eine Tochter. Neben meinem Beruf habe ich immer versucht, mir kreative Freiräume zu schaffen. Seit mehreren Jah - ren schreibe ich Kurzgeschichten und arbeite gerade an einem Roman.

Max Blume hatte nichts mehr zu verlieren. Seit 58 Jahren meinte das Leben es nicht gut mit ihm. Und das war schon viel zu lange, dachte sich der Mann, der in den Kriegs- und Nachkriegsjahren unter ärmlichsten Bedingungen aufgewachsen war, zuerst als Stahlkocher und anschließend als Bediensteter einer Wachschutzfirma mit mäßi- gem Lohn sein Leben bestreiten musste und nunmehr seit drei Jahren als unvermittelbarer Langzeitarbeitsloser durch die Aktenberge des Finanzamtes Gelsenkirchen wanderte. Auch privat wollte das große Glück sich nie einstellen. Mehrere Beziehungen zu verschiedenen Frauen gingen aus den verschiedensten Gründen in die Brüche, obwohl Max immer der Ansicht gewesen war, ein liebevoller und treu sorgender Partner zu sein. Aber vielleicht war es genau die freundliche, etwas unbeholfene Art, die ihn seit jeher immer wie- der in die Opferrolle drängte.

Einmal schien er das ganz große Los gezogen zu haben. Und das fast im wahrsten Sinne des Wortes. Im September 1983 bescherten ihm fünf richtige Zahlen beim Samstagslotto einen fünfstelligen Betrag und es war, als seien alle Sorgen für immer vergessen. Ein halbes Jahr später war nichts mehr von dem Geld übrig. Zumindest nicht für Max Blume. Er hatte einem alten Bekannten das Geld anvertraut, der dieses in Immobilien investieren und vermehren soll- te. An einem verregneten Tag Ende Februar teilte ihm ein unfreundlicher Beamter des Polizeipräsidiums Gelsenkirchen tele- fonisch mit, dass gegen den Freund ein Ermittlungsverfahren wegen verschiedener Betrugsdelikte eingeleitet worden sei, und fragte, ob er, Max Blume, wisse, wo der Verdächtige sich aufhalte. Nein, er wusste es nicht.

Vor sechs Wochen, an seinem 58. Geburtstag, hatte er es wieder einmal leid gehabt, immer nur auf der Verliererseite des Lebens zu stehen, und beschlossen, einiges zu ändern. Erstens sollte es wieder eine Frau geben, mit der er den Rest seiner verbleibenden Jahre zusammenleben wollte, und zweitens sollte dieser Rest nicht von finanziellen Nöten und Zwängen geprägt sein. Nach vier Geburtstagsbieren in seinem seit dreißig Jahren unveränderten Wohnzimmer stand sein Plan fest: Er würde eine Partnerschaftsanzeige aufgeben und gleichzeitig auf jede Annonce antworten, die ihm vielversprechend erschien – und er würde eine Bank ausrauben.

Gleich am nächsten Morgen ging er seine beiden zukunftsweisenden Vorhaben an und begann mit den Vorbereitungen. Er erwarb mehrere Zeitungen, je einen Stadtplan von Gelsenkirchen, Herne, Duisburg, Moers und Essen, besorgte sich die Verzeichnisse verschiedener Banken und Sparkassen, einen DIN-A4-College-Block und ließ in dem Fotostudio am Ende der Straße neue Passbilder fertigen. Vormittags, gleich nach der Morgentoilette, widmete er sich den Partnerschaftsanzeigen, nach dem Mittagessen dem Überfall. Zwei Wochen lang ging das so. Jeden Tag verfasste er vormittags Briefe und trug nachmittags die Standorte von Banken in seine Stadtpläne ein, um die theoretisch besten herauszufiltern. Eine U-Bahn-Haltestelle sollte in der Nähe sein und eine Fußgängerzone. Da er keinen Führerschein besaß, musste er zu Fuß flüchten, so seine Überlegung. Eine große Menschenmenge würde ihm Schutz geben.

Vierzehn Tage nach seinem Geburtstag gingen die Vorbereitungen von Max Blume in die zweite Phase. Das heißt, eigentlich gingen nur die Vorbereitungen für den Raubüberfall in die zweite Phase, denn seine Briefe an die Kontakt suchenden Frauen waren ebenso abgesendet wie seine eigene Anzeige. Dieser Teil der Lebensplanung war also abgeschlossen und reduzierte sich momentan auf Warten. Erst, wenn die ersten Reaktionen in seinem Briefkasten landen würden, müsste er in diesem Zweig wieder aktiv werden. So konnte er sich vollends seinem zweiten großen Vorhaben widmen. In mühevoller Kleinarbeit hatte er vier Filialen herausgearbeitet, die ihm Erfolg versprechend erschienen. Diesen vier Banken stattete er in den nächsten Tagen mehrere Besuche ab, erkundete Fluchtmöglichkeiten, beobachtete den Publikumsverkehr, prägte sich Öffnungszeiten ein und wägte Standortrisiken gegeneinander ab. Fünf Wochen nach seinem Entschluss waren auch die Vorbereitungen zum Abschnitt ›Vermögenssicherung‹ abgeschlossen. Er hatte eine Filiale der Bank in Essen ausgewählt. Kleine Seitenstraße zur Fußgängerzone, öffentliche Verkehrsmittel mit diversen Umsteigemöglichkeiten in unmittelbarer Nähe.

Schließlich war der Tag der Wahrheit gekommen. Immer und immer wieder war er seinen Plan durchgegangen, bis er absolut sicher war, dass alles klappen würde. Interessanterweise bereitete ihm der Überfall viel weniger Kopfzerbrechen als sein zweites Vorhaben, das Bekanntwerden mit einer Frau. Keinen einzigen Brief hatte er bekommen. Weder auf seine eigene Anzeige noch auf die zirka 50 Annoncen, auf die er geantwortet hatte. Das stimmte ihn traurig. Doch an diesem Morgen konnte er sich keine Traurigkeit leisten. Zu viel stand auf dem Spiel. Er hatte die Wahl zwischen Reichtum und Gefängnis, zwischen oben und unten, zwischen Sein oder Nichtsein. Das wusste er. Und er wusste auch, dass es an ihm lag, an ihm ganz alleine, wie sich die Dinge entwickeln würden.

Alles lief wie geplant. Max Blume konnte selbst nicht glauben, wie reibungslos alles vonstatten ging. Die Kassiererin machte keinerlei Anstalten, sich gegen seine Anweisungen aufzulehnen. Gehorsam stopfte sie Geld in die Plastiktüte. Max Blume zählte langsam bis 15, dann forderte er sie auf, die Tüte zurückzugeben. Nach Verlassen der Bank fand er wenige Schritte entfernt wie geplant einen Hauseingang unverschlossen, in dem er sich seines blauen Overalls entledigte. Die Sturmhaube warf er unterwegs in eine Mülltonne. Als die Polizeifahrzeuge Richtung Bankfiliale fuhren, war Max Blume schon längst von der Menschenmasse verschluckt. Während seines Weges nach Hause begegnete er keinem einzigen Polizisten. Dort angekommen, schloss er die Haustüre hinter sich und lächelte. Als er seinen Briefkasten aufschloss, lächelte er erneut, denn jemand hatte auf seine Partnerschaftsanzeige geantwortet. Schöne Schrift. Heute schien ein guter Tag zu sein.

Der Brief umfasste eine Seite und stammte von einer Irmgard Lichtenfeld. Sie war 56 Jahre alt und hatte eine nette Art zu schreiben, obwohl sie nicht viel von sich preisgab. Sie wollte, so schrieb sie, erst einmal sehen, ob Max sich meldet, bevor sie ihm mehr von sich erzählt. Max Blume war begeistert.

Mit ihrem zweiten Brief kam ein Bild von ihr. Ein altes Passbild, zehn Jahre alt. Sie entschuldigte sich dafür, dass sie kein aktuelleres beigelegt hatte, aber für einen ersten Eindruck würde es wohl genügen. Er sah sich das Bild lange und ausgiebig an. Sie war ihm sympathisch und es schien ihm, als würde er sie von irgendwoher kennen.

Es folgte ein Telefonat, bei dem sich Max Blume angetan zeigte von der Stimme dieser Irmgard Lichtenfeld, die ihm immer mehr ans Herz wuchs, noch bevor sie sich das erste Mal gesehen hatten. Freitagabend, 19.55 Uhr. Max Blume hatte sich einen Anzug geliehen und stand vor dem Lokal, in dem sie verabredet waren. Nervös ging er hin und her und die Minuten schienen sich unendlich zu dehnen. Als sie schließlich auftauchte, auf ihn zukam und ihn begrüßte, war ihm, als würde sein Herz aufhören zu schlagen. Wie in Trance hörte er seine Stimme, als wäre sie die eines anderen, fühlte seine Schritte nicht, die ihn in die Gaststätte führten, und saß ihr schließlich wie versteinert gegenüber.

»... arbeite seit 30 Jahren bei einer Bank ...«, hatte sie in ihrem zweiten Brief geschrieben, und er hatte sich nichts dabei gedacht. Nun aber wurde ihm langsam bewusst, welch' merkwürdiges Spiel das Schicksal mit ihm trieb. Vor ihm saß die Frau, deren Briefe er nahezu verschlungen, in deren Stimme er sich augenblicklich verliebt hatte. Die Frau, die auf dem besten Wege schien, die Traumfrau zu werden, die er gesucht hatte – und die Frau, die er vor zwei Wochen ausgeraubt hatte! Ihm gegenüber saß die Kassiererin, die ihm vor vierzehn Tagen unter Bedrohung mit einer Gaspistole 64.000 Mark in eine weiße Plastiktüte gepackt hatte.

Glücklicherweise war auch Irmgard Lichtenfeld sehr nervös, was Max Blume auf den außergewöhnlichen Umstand ihres Kennenlernens zurückführte. Eine Kontaktanzeige ist für Menschen, wie sie es sind, eine ungewohnte Angelegenheit, die automatisch zu einer gewissen Verkrampfung führen muss. So dauerte es eine ganze Weile und zugegebenermaßen auch einige Gläser Wein, bis die Konversation lockerer wurde. Max Blume beschloss, sein Geheimnis in ein tiefes, schwarzes Loch seines Gedächtnisses zu werfen und so zu tun, als wäre er Irmgard Lichtenfeld heute zum ersten Mal begegnet.

Sie wiederum hatte nun gänzlich ihre anfängliche Zurückhaltung aufgegeben und erzählte freimütig aus ihrem Leben. Einmal geschieden, einmal verwitwet, lebte sie seit nunmehr zehn Jahren in Gelsenkirchen, ganz in der Nähe von Max Blume, wie sich herausstellte. Sie hatte keine Kinder, und die Anstellung bei der Bank würde sie Ende des Jahres verlieren. Rationalisierungszwang, wie ihr der Filialleiter mit gespieltem Bedauern mitgeteilt hatte. Sie traf sich einmal die Woche mit Freundinnen zum Skatabend, und ihre große Leidenschaft war Italien, obwohl sie seit über vierzig Jahren nicht mehr dort gewesen war. Damals, als sie noch jung und hübsch war, wie sie sagte, sei sie mit ihren Eltern für zwei Wochen in einem kleinen Dorf in der Nähe von Rom gewesen, wo ein Arbeitskollege ihres Vaters ein kleines Haus besaß. Unbeschreiblich schön sei es dort gewesen, und für damalige Verhältnisse sei es eine kleine Weltreise gewesen. Leider habe sie seither nie wieder die Gelegenheit gehabt, nach Italien zu reisen. Was sich ändern ließe, wie Max Blume einwarf und Irmgard Lichtenfeld damit ein wenig verlegen machte.

Es wurde ein schöner und vergnüglicher Abend, und als sie gingen, waren sie mit Abstand die letzten Gäste. Max Blume ließ es sich nicht nehmen, seine neue Bekanntschaft noch bis nach Hause zu begleiten, was sie sehr rührte. Sie mochte ihn und fühlte sich seit ihrer Begegnung vor dem Lokal wohl in seiner Nähe.

Vor der Haustüre unterhielten sie sich noch bis tief in die Nacht, philosophierten in selbst nicht für möglich gehaltenen Ausmaßen über Gott und die Welt und hatten beide das untrügliche Gefühl, einem ganz besonderen Menschen begegnet zu sein. Schließlich war es Irmgard Lichtenfeld, die Max Blume das ›Du‹ anbot, was er verlegen und insgeheim ein wenig stolz annahm. Zum Abschied gaben sie sich einen kleinen, zaghaften Kuss, bevor jeder nach Hause ging. Glücklich und zufrieden.

Max Blume lag in seinem Bett und dachte nach. Nein, er würde seinen Mund verschließen und niemals erzählen, dass er es war, der mit einer Gaspistole bewaffnet vor ihr stand und sie bedrohte. Sie war eine attraktive, einfühlsame Frau, und ihre Gemeinsamkeiten beschieden ihnen vielleicht eine schöne Zukunft. Er wollte alles daran setzen, diese Frau zu erobern, und das Geschehene vergessen.

Irmgard Lichtenfeld lag in ihrem Bett und dachte nach. Max Blume war ein sympathischer Mann, mit Charme und Manieren. Er war ein Gentleman alter Schule und verstand es, sie zu begeistern. Er versprühte Witz und sie hatte das Gefühl, als habe er sein gesamtes Leben weit unter seinen Fähigkeiten gelebt. Mit ihm konnte sie sich eine gemeinsame Zukunft vorstellen und sie wollte alles daran setzen, diesen Mann zu erobern. Nein, sie würde ihm nicht erzählen, dass sie sich sicher war, in ihm den Mann wiedererkannt zu haben, der ihr wenige Tage zuvor eine Plastiktüte hingehalten und sie aufgefordert hatte, die großen Scheine zuerst und dann die kleinen einzupacken. Es waren die Augen, die ihn verraten hatten. Schöne Augen. Hinzu kam seine Stimme, die Art, wie er sich bewegte. Sie war sich sicher. Aber nein, sie würde das alles für sich behalten und ein glückliches Leben führen.

Familiensonntag

von Marita Gramm

*Kurvita: geb in Rheda-Wiedenbrück. Nach Schule und Abitur absolvier-
te ich eine Ausbildung zur Arzthelferin und wechselte später als Stations-
assistentin auf eine Intensivstation nach Bethel. Nebenberuflich arbeite ich
als freie Mitarbeiterin für eine Zeitung, schreibe Musikkritiken und habe
den Text für ein Kindermusical verfasst, das im Jahr 2000 uraufgeführt
wurde. Ich lebe mit meinem Mann und meiner Tochter in Gütersloh.*

Der kleine Junge mit seinem eisverschmierten Mund stolperte vorwärts. Den Blick fest auf den kleinen Streichelzoo am Ende des Weges gerichtet, trat er dabei vor den demonstrativ ausgestreckten Gipsfuß eines älteren Herrn, der auf einer Holzbank in der Sonne saß.
»Kannst du nicht aufpassen, du Rotzbengel!« Ein Zahnlückenmund
grinste ihn fröhlich an: »'tschuldigung.« Der grau melierte Herr
schaute demonstrativ weg und wendete den Blick auf die appetit-
liche junge Blondine, die im Kiosk stand und mit freundlichem
Lächeln Kinderscharen mit Eis versorgte und älteren Herrschaften
Mineralwasserflaschen öffnete.
Ach ja, mit der mal eine Spritztour im neuen Cabriolet 303, das ab
nächste Woche geliefert wurde ...Vielleicht sollte er auch mal hin-
übergehen und irgendetwas kaufen. Möglich, dass er sie in ein Gespräch verwickeln könnte, er könnte ihr seine Karte dalassen oder
sie mal in sein Autohaus einladen. Er wollte schon Anstalten machen
aufzustehen, doch als er die Füße anzog, fuhr ein Schmerz durch
seinen angebrochenen Knöchel und erinnerte ihn an seine einge-
schränkte Bewegungsfähigkeit. Nein – hinüberhumpeln, das würde
er nicht!
Wo blieb denn bloß seine Frau? So viel gab es in so einem Frei-
lichtmuseum doch nun auch nicht zu sehen. Außer alten Bauern-
häusern, die nach Rauch und Tierausdünstungen stanken und den
Leuten nur deshalb so gut gefielen, weil sie anschließend wieder
in ihre eigenen schönen, modernen Wohnungen und Häuser zurück-

kehren konnten. Wer würde denn heute schon noch freiwillig auf dem Lande wohnen wollen, in so einem Kuhkaff, wo noch Misthaufen vor der Tür lagen und man bei jedem Schritt aufpassen musste, nicht in Hühnermist zu treten. Nein, freiwillig bestimmt nicht.

Godehart würde das bestimmt gefallen, diesem Freund seiner Tochter, der im vierten Semester Agrarökonomie studierte. Agrarökonomie – allein schon dieses Wort! Das sind doch schlicht und einfach Bauern oder schlimmer noch - so grüne Ökofuzzies. »Nur ein Apfel mit Wurm ist ein guter Apfel!« Und das bei den heutigen Möglichkeiten der modernen Technik. Das sollte er mal einem seiner besten Kunden erzählen, einem Geflügelzüchter, der vor ein paar Jahren für eine große Summe umgebaut und technisch aufgerüstet hatte. Computerüberwachte Fütterungsanlagen, automatische Eierkontrolle und -sortierung. Der Gewinn hatte sich seitdem verdreifacht und alle paar Jahre war jetzt eine neue Limousine fällig. Diesen Dingen gehörte die Zukunft und nicht etwa krumpeligen Möhren vom Öko-Hof, von dem Godehart träumte.

Überhaupt Godehart – wie konnte man seinem Kind so einen Namen geben, das konnte ja nicht gutgehen! Aber Susanne war ja völlig begeistert von dem Kerl, brachte auch schon dieses Ökozeug mit nach Hause und riet ihrer Mutter, doch mal vegetarisch zu kochen. »Das würde Vati auch mal gut tun, Mutti. Der isst eh zu viel Fleisch! Oder wir laden mal Godehart ein. Der kann fantastische Grünkernbratlinge machen.« Das hatte ihm gerade noch gefehlt! Aber Mutter war natürlich völlig begeistert von Godehart. »Und sieht er nicht auch noch gut aus, Vati, das mußt Du doch zugeben?!« Ja, natürlich – ungefähr so wie einer dieser Schlagerfritzen aus den Volksmusiksendungen, die Mutti so gerne sah, mit Lederhose und handgestricktem Norwegerpulli, blonden Locken und Vollbart. Der sollte sich bloß nicht einreden, er würde sein Schwiegersohn werden, der nicht!
Er würde noch mal ein ernstes Wort mit seiner Tochter reden. Nächste Woche kam doch wieder dieser Marketing-Spezialist vom Hersteller

wegen der Werbestrategie für das neue Cabriolet, den könnte er doch mal abends nach Hause zum Essen einladen, der hatte sogar einen Doktortitel.

Wo sie bloß blieben? Sie wussten doch, dass er hier saß. Die Sonne brannte und im Westen waren dunkle Wolken zu sehen. Er rutschte auf seiner Bank ganz nach links. Dorthin fiel der Schatten eines Baumes. Es war schwül und die Luft flimmerte in der Ferne. Warum kamen sie denn nicht endlich? Wahrscheinlich dozierte Godehart wieder über das vergangene Leben in den Kuhkäffern und Mutter hing bestimmt an seinen Lippen. Überhaupt war es ja Godeharts Idee gewesen, den Sonntag hier zu verbringen.

Er hätte jetzt schön im Garten liegen können oder mal beim Autohaus vorbeifahren – ach verflixt, fahren konnte er ja nicht! Dieser Unfall letzte Woche mit dem neuen Vorführwagen auf der Probefahrt – ausgerechnet mit einem seiner ältesten Stammkunden – war auch in so einem Kuhdorf passiert. Er hatte gerade in den höchsten Tönen die verbesserte Elektronik des neuen Modells gepriesen, als vor ihm in einer unübersichtlichen Kurve ein Traktor mit Gülleanhänger auf die Straße gefahren war. Er hatte das Lenkrad herumgerissen, scharf gebremst und war in den Graben gefahren. Auf der angrenzenden Wiese hatten ein paar wiederkäuende Rinder interessiert herübergeschaut, fast etwas hämisch, so hatte er es sich eingebildet. Wenigstens war seinem Kunden nichts passiert. Er selbst hatte sich beim Herausklettern aus dem verbeulten Auto so unglücklich vertreten, dass der Fußknöchel angebrochen war. Der Jungbauer hatte sie in seinem alten VW-Bulli zurück in die Stadt gefahren. »Kein Problem«, hatte der gemeint, »wenn Sie nicht auftreten können. Dafür brauchen wir keine Ambulanz. Bis die hier sind, habe ich Sie dreimal zurückgebracht. Ein paar Strohballen hinten 'drauf, Decke 'drüber, und Sie können sich ausstrecken. Möchten Sie vielleicht einen Schnaps vorher auf den Schreck und zur Stärkung? Mein Vater brennt noch selber!« Das hatte ihm gerade noch gefehlt! Aber sein Kunde hatte begeistert zwei Schnäpse getrunken und noch behauptet, ihm gefiele das Dorf und so einen malerischen alten Hof habe er schon lange nicht mehr gesehen und ob er nicht mal mit seinen

Enkelkindern vorbeikommen könnte. Unfassbar!

Die neue Limousine lag chromglänzend wie ein etwas deplatziertes Beispiel moderner Kunst im Graben und wurde bereits von ein paar Dorfjungen fachmännisch begutachtet. Dabei war er gerade noch dem Tod von der Schippe gesprungen, sein Fuß schmerzte, und um ihn herum tranken die Leute Schnäpse und machten Freizeitpläne!

Ein Donnergrollen riss ihn aus seinen Gedanken. Er schaute auf und sah, dass die Gewitterfront inzwischen bedrohlich nahe gekommen war. Überhaupt waren kaum noch Leute um ihn herum zu sehen. Wo blieben sie denn bloß? Sie konnten ihn doch nicht vergessen haben! Die Blondine schloß inzwischen den Kiosk und ließ das hölzerne Sonnendach herunterklappen, das jetzt das Verkaufsfenster verschloss. Nachdem sie abgeschlossen hatte, sah sie lächelnd zu ihm herüber: »Wir schließen in einer halben Stunde, brauchen Sie Hilfe für den Rückweg oder kommt Sie jemand abholen? Man geht gut zehn Minuten zum Ausgang und es wird bald regnen!« Er strahlte sie an und deutete auf seine Unterarmgehstütze, die hinter ihm an der Bank lehnte: »Danke sehr, ich komme zurecht.« Sie lächelte noch einmal nett, hängte sich einen Rucksack um und marschierte in Richtung Ausgang. Er sah ihr nach und schürzte die Lippen. Ihr hinterherzupfeifen konnte er sich gerade noch verkneifen. Schließlich könnte sie seine Tochter sein. Manchmal fiel ihm das fast schmerzlich ein. Das Alter ließ sich eben nicht aufhalten und die jungen Frauen begegneten ihm eher mit Hilfsbereitschaft als mit Koketterie.

Um ihn herum lag jetzt eine abwartende Stille. Die Sonne lag hinter den Wolken. Die Luft war feucht und drückend. Die kleinen Ziegen im Streichelzoo standen ganz still mit hängenden Köpfen. Nur ihre kleinen Schwänzchen wedelten unablässig. Gegenüber in dem Küchengarten strebten Bienen eifrig ihrem Stock zu. Er konnte das Summen hören.

Er nahm sein Taschentuch heraus und wischte sich den Schweiß von Stirn und Nacken, warf noch einen Blick nach rechts und links, aber niemand kam. Also musste er sich wohl alleine auf den Weg zurück machen. Die würden was zu hören kriegen!

Er wollte gerade nach seiner Gehhilfe greifen, als eine kräftige Windböe durch die Dorfgasse fegte. Die Bäume rauschten und lose Blätter wurden vom Wind mitgerissen. Die Ziegen meckerten und drängten sich zusammen. Da zuckte der erste Blitz über den Himmel, gefolgt von einem langsam zerreißenden Donner. Regen setzte ein, erst noch spärliche dicke Tropfen, dann ein strömender Landregen, der einen in kürzester Zeit bis auf die Haut durchnässt.

Eichen sollst du weichen – Buchen sollst du suchen! Dieser alte Merkspruch fuhr ihm durch den Kopf und er blickte nachdenklich in den Baum über ihm, als erwarte er dort ein Schild zu sehen: ›Geeignet für Gewitter‹. Vielleicht sollte er lieber gar nicht hier stehen bleiben.

Er sah sich suchend um. Da entdeckte er plötzlich durch die grauen Regenschleier eine einzelne dunkle Gestalt. Er kniff die Augen zusammen und beugte den Kopf etwas vor. Die Gestalt war ganz in einen langen, schwarzen Umhang gehüllt und hatte eine weite Kapuze tief über das Gesicht gezogen. Sie kam langsam und gleichmäßig die Wiese hinter dem Streichelzoo herunter und über der Schulter trug sie – eine Sense.

Der Tod! Dieser Gedanke schoss ihm durch den Kopf, und er drückte sich hinter den Baumstamm. Sein Herz begann zu rasen. Was nun? Wohin? Er sah sich suchend um, humpelte rückwärts an der Hauswand entlang und um die Ecke, nur weg von der unheimlichen Gestalt. Die Tür des Hauses, vor dem er stand, war verschlossen. Gegenüber lag eine Art Stall oder Futterscheune mit etwas zurückgesetztem Holztor und Lüftungsschlitzen im Mauerwerk. Das Tor war nur mit einem Querholzriegel verschlossen. Er konnte kein Vorhängeschloss entdecken und so schnell er konnte, humpelte er herüber, hob den Holzriegel, schob die Tür auf und schlüpfte hindurch. Er wagte nicht, sich umzusehen. Drinnen war es dunkel und es roch durchdringend nach Heu und Ziege. Als seine Augen sich an die Dunkelheit gewöhnt hatten, sah er lauter einzelne Gatter, vor denen kleine Holztäfelchen mit Namen, Herkunft und Rasse der Tiere hingen – der Stall für die Ziegen aus dem Streichelzoo. In einer Ecke waren Strohballen gestapelt. Er drehte sich um und sah durch einen Lüftungsschlitz nach draußen, konnte aber außer der gegenüberliegenden Hausfassade nichts erkennen. Donner grollte, Regen rauschte gleichmäßig, aber außer diesen Geräuschen war nichts zu hören. Er spürte, wie ihm der Schweiß den Rücken herunterlief, humpelte zu den Strohballen hinüber und ließ sich auf einem nieder.

Unsinn – dachte er bei sich, wahrscheinlich hatte er sich die Gestalt nur eingebildet. Dann gleich an so etwas zu denken! Als käme wirklich einmal der Sensenmann, um ihn zu holen, wenn es irgendwann einmal zu Ende ginge. Die Angst ließ in langsam wieder los. In diesem Augenblick ging die Tür auf und die schwarze Gestalt mit der geschulterten Sense hob sich gegen die Helligkeit ab.

Blitz und Donner folgten jetzt rasch aufeinander. Die Gestalt kam herein, nahm die Sense herunter und lehnte sie gegen die Wand, dann schlug sie den Regen vom schweren, schwarzen Umhang und nahm ihn ab. Ein alter Mann, graue Haare, grauer Bart, wettergegerbtes Gesicht, eine kurze, kalte Pfeife im Mundwinkel, drehte sich zu ihm herum. »Dachte ich es mir doch, dass Sie sich hierhin verkrochen haben. Ist sicher bald vorbei ...«

»Mit mir??«

»Mit Ihnen?? Wieso, fühlen Sie sich nicht wohl? Nein, mit dem Sommergewitter. So was dauert nie lange.«

»Ah, ja ... Sommergewitter, nie lange, so, so!«

»Ist alles in Ordnung? Sie sehen so blass aus, meine Tochter erzählte mir von Ihrem Gipsfuß und da dachte ich, ich nehme Sie im Jeep mit zurück zum Ausgang.«

»Ihre Tochter?«

»Ja, sie macht am Wochenende hier den Kiosk. Sonst studiert sie Agrarökonomie. Sie hat wohl Ihre Familie am Ausgang getroffen, die gerade loswollte, um Sie abzuholen. Da hat meine Tochter angeboten mich anzufunken, um Sie im Jeep mitzunehmen. Es müssen ja nicht alle nass werden. Meine Tochter kennt sich mit dem Wetter aus, ist eben ein echtes Landkind.

Sie hat gleich an Sie gedacht, weil Sie so gemütlich in der Sonne saßen und bestimmt nicht auf das Wetter geachtet haben. Da hat sie mir über Walkie-Talkie Bescheid gegeben. Wissen Sie, ich kümmere mich hier ehrenamtlich um die Kleintiere und habe auf den hinteren Wiesen Frischfutter geschnitten.«

»Mit der Sense?«

»Ja, natürlich, wir versuchen hier, ökologisch zu arbeiten. Die Stadtkinder von heute müssen lernen, dass die Eier nicht aus dem Supermarkt kommen und die Milch nicht aus der Tüte, nicht wahr? Nur besteht meine Tochter darauf, dass ich das Funkgerät dabei habe. Man ist ja nicht mehr der Jüngste!«

Er grinste breit, langte einen ledernen Tabaksbeutel aus seiner Hosentasche und begann, die Pfeife zu stopfen. Draußen ließ das Rauschen des Regens langsam nach.

»Ich glaube, wir können jetzt fahren, kommen Sie nur mit!«

Durch eine Verbindungstür in der Stallwand gelangte man in einen hölzernen Schuppen, in dem ein alter Jeep stand. Der Alte mit der Pfeife öffnete ein Holztor und Licht fiel herein. Tabakduft hing in der Luft, Orangen und Holz. Der Autohändler humpelte zur Beifahrerseite und stieg ein. Der Alte schwang sich hinter das Lenkrad und ließ den Wagen an, der spuckte etwas und hüllte sie in blaue Benzinschwaden, dann fuhr er mit Schwung aus dem Schuppen auf einen schmalen Pfad hinter den Museumshäusern.

Draußen kam schon wieder die Sonne heraus. Die Luft war frisch und von allen Sommerdüften erfüllt. Die Blätter der Bäume glänzten wie lackiert und auf den Blüten der Bauernrosen lagen dicke Tropfen wie große, glitzernde Glasperlen. Der Jeep holperte über den Pfad. Der Autohändler atmete tief und erleichtert durch. Der Angstschweiß hatte ihm das Hemd an die Brust geklebt und seine Hände zitterten noch etwas. Er sog die frische Luft ein und fand, dass es doch ein richtig schöner Tag war, genau richtig für einen Familienausflug.

Dann wandte er sich dem Alten zu: »Wissen Sie«, lächelte er, »mein Schwiegersohn studiert auch Agrarökonomie!«

Linda

von Susanne Hardt

Kurzvita: aufgewachsen in Oberroßbach bei Haiger in Mittelhessen. Ich wohne in Löhnberg a.d. Lahn und bin von Beruf Justizangestellte. Seit rund zehn Jahren schreibe ich Gedichte über Lebens- und Liebesbeziehungen, aber auch über Stimmungsbilder der Natur.

Wie fast jeden Morgen lag ich wach im Bett und erwartete das Klingeln des Weckers. Bald würde ich die Schritte des Zeitungszustellers hören. Immer um die gleiche Zeit, pünktlich. Ihm entgegen lauschend setzte sich der Kreislauf meiner Gedanken in Bewegung. Auch darauf war Verlass. Gedanken. Sie ruhten ebenso wenig wie ich. Mir fielen Dinge ein, die seit Jahren vorüber waren. Ereignisse aus vergilbten Zeiten. Menschen, die lange schon Vergangenheit waren. Es hörte nicht auf, sich in meinem Kopf zu drehen.

Endlich, die Geräusche auf der Treppe. Die Zeitung wurde in den Kasten gesteckt. Dann das Klingeln des Weckers; der Tag begann. Mühsam stand ich auf und ging ins Bad. Anschließend breitete ich zu meiner Tasse Tee die Zeitung vor mir aus, blätterte, hatte aber nur wenig Lust, am Weltgeschehen teilzuhaben. Heute war Freitag, der Tag, an dem die Kleinanzeigen veröffentlicht wurden. Mein Blick fiel auf die Sparte ›Verschiedenes‹: Opernkarten zu verkaufen, Mitfahrgelegenheit gesucht, Hilfe für den Garten etc. Dann sah ich eine Kontaktanzeige, die offensichtlich irrtümlich unter die Rubrik ›Vermischtes‹ geraten war. Ich las: weiblich, 45 Jahre alt, auf der Suche nach der Farbe des Himmels. Vielleicht hilfst du mir dabei. Freue mich auf deine Antwort. Zuschrift unter ...
Auf der Suche nach der Farbe des Himmels! Viel Spaß dabei, dachte ich mir. Für mich gab es damals nur eine wirklich passende Farbe: GRAU. Und das würde sich so bald nicht ändern. Wer antwortete nur auf solch eine Annonce? Ich jedenfalls nicht! Sowieso alles nur fauler Zauber, Enttäuschung vorprogrammiert. Welche Erwartungen

die Frau wohl hat? Mich jedenfalls erwartete mal wieder einer dieser Tage, an denen der Ärger und die Überstunden vorprogrammiert waren. Kollegin krank, übellauniger Chef, neuer Computer. Trübe Aussichten, dunkle Wolken. Alles war mir zu viel. Selbstmitleid kroch in mir hoch, und dann kam auch noch meine gute alte Freundin, die Angst, hinzu. Mein Herz schlug zu schnell, mein Mund war ausgetrocknet; zittrig versuchte ich, tief Luft zu holen. Irgendwie stand ich seit Monaten neben mir, konnte aber aus eigener Kraft nichts an diesem Zustand ändern. Immer wieder stürzte ich in das schwarze Loch der Depression. Einen Arzt hatte ich deswegen noch nicht aufgesucht. Auf gar keinen Fall wollte ich zu Tabletten greifen, die womöglich noch in die Abhängigkeit führten.

Während ich mich durch den Tag zu kämpfen begann, schweiften meine Gedanken immer wieder zu der Kontaktanzeige, die ich am Morgen gelesen hatte. Es ging etwas von ihr aus, das ich nicht zu fassen vermochte. ›Die Farbe des Himmels.‹ Was meinte die Frau bloß damit?

Abends betrat ich meine Wohnung und griff automatisch wieder zur Zeitung. Diese Zeilen hatten etwas in mir bewegt, brachten mich zum Nachdenken. Fast mechanisch suchte ich mir meine Schreibutensilien zusammen und wollte gerade damit beginnen, eine Antwort zu formulieren, als mir Bedenken kamen. Was wäre, wenn sie nun einen Mann suchte? Aus der Anzeige ging ja nicht eindeutig hervor, dass ihr auch eine Frau bei der Suche behilflich sein könnte. Mit einem Seufzer wischte ich die Zweifel beiseite und begann zu schreiben. Dabei hielt ich mich sehr bedeckt, gab kaum etwas von mir preis. Dass ich ebenfalls eine Frau bin, ungefähr im gleichen Alter war wie sie und alleine lebte. Meine schlechte Verfassung verschwieg ich. Das gehörte nicht gleich zu Anfang in einen Brief. Ebenso wenig gab ich meine Adresse bekannt. Ich beschränkte mich darauf, ihr meine Telefonnummer mitzuteilen, so dass ich gegebenenfalls zurückgerufen werden konnte. Der Anrufbeantworter war stets eingeschaltet, wenn ich außer Haus war.

Gleich am nächsten Tag brachte ich den Brief zur Post und sofort setzte ein banges Gefühl bei mir ein. Ob ich wohl einen Anruf bekäme? Wahrscheinlich nicht! Abwarten, hoffen auch darauf, dass vielleicht gar nichts geschieht. Den Kopf voller Unglück, begab ich mich ins Büro.

Vier Tage, nachdem ich geantwortet hatte, signalisierte mir mein Anrufbeantworter, dass eine Nachricht gespeichert war. Sofort drückte ich die Wiedergabetaste des Gerätes.

»Hallo, hier spricht Linda. Danke für Ihre Antwort auf meine Kontaktanzeige und Ihren Mut, mir zu schreiben. Gerne möchte ich Sie kennen lernen, bitte rufen Sie mich doch zurück.« Dann folgte ihre Telefonnummer. Übrigens: »Ich freue mich, Ihre Stimme zu hören, bis bald.«

Linda! Sie hieß also Linda. Schöner Name. Klangvoll. Linda, Linda, Linda. Zur Feier des Tages schenkte ich mir ein Glas Rotwein ein. Nachdem ich mich etwas beruhigt hatte, wählte ich, noch immer zittrig, ihre Nummer. Nach dem dritten Klingelzeichen wurde abgenommen. Es meldete sich eine warme Frauenstimme mit dem Namen »Roland«.

»Ja, hier spricht Angela. Sie haben mir eine Nachricht hinterlassen. Ich habe auf Ihre Annonce geantwortet.«

»Angela, das freut mich sehr.« Ich sagte ihr dann, dass mich ihre Anzeige neugierig gemacht hätte, aber auch nachdenklich. »Normalerweise schreibe ich nie auf eine Kontaktanzeige. Wirklich nie!«

»Dann war das heute sozusagen Premiere?«

»Eigentlich ja!«

Im Laufe des Gesprächs stellte sich dann heraus, dass wir gar nicht so weit voneinander entfernt wohnten. Wir verabredeten uns für den kommenden Freitagabend um 20 Uhr in einem kleinen Bistro, das uns beiden bekannt war.

»Wie erkenne ich Sie denn, Linda?«

Sie werde hinten links am Fenster sitzen, sagte sie, dort wäre ihr Stammplatz. Sollte der besetzt sein, könnte ich an der Theke nach ihr fragen. »Man kennt mich, ich trinke öfter einen Kaffee dort.«

Anschließend beschrieb ich mich selbst ausführlich, damit Linda Ausschau nach mir halten konnte. Spaßeshalber schlug ich vor, mir eine Nelke ins Knopfloch zu stecken.

»Hübscher Einfall, eine Rose wäre mir aber lieber«, sagte Linda.

»Gut, ich werde es mir überlegen.«

»Übrigens, Angela ...«

»Ja?«

»Eine schöne Stimme haben Sie. Sanft, aber auch ein bisschen traurig.«

»Danke für das Kompliment. Dann bis Freitag, ich freue mich.«

Die nächsten Tage verbrachte ich hoffnungsvoll, sogar leicht euphorisch. Seit Monaten hatte ich mich nicht so gut gefühlt, schon lange keine Verabredung gehabt, außer den familiären Kontakten, die ich mehr schlecht als recht pflegte.

Als ich Freitagabend das Bistro betrat und mich nach Linda umsah, war die Sicherheit der letzten Zeit wieder verflogen. Eine leise, fast schleichende Angst nahm Besitz von mir. Hinten links am Fenster saß eine Frau alleine am Tisch. Das musste Linda sein. Ich suchte ihren Blick, doch sie schaute nicht zu mir herüber. Während ich auf sie zuging, überfiel mich plötzliche Verzweiflung.

»Linda?«

»Ja! Angela?«

»Ja, ich bin es.«

Linda lächelte mir zu. Mit der Situation völlig überfordert, stand ich wie gelähmt vor ihr. Warum hatte sie mir am Telefon nichts gesagt? Sie streckte eine Hand nach mir aus. Zögerlich ergriff ich sie.

»Setzen sie sich doch Angela. Sind sie aufgeregt? Angela, was ist los?«

»Warum haben Sie es mir nicht gesagt, Linda?«

»Ist es wichtig für Sie?«

»Nein, es ist nur ...« Ich spürte Tränen in mir aufsteigen, konnte den Kloß im Hals aber nicht runterschlucken. Und dann fing ich an zu weinen, es war einfach unfassbar. Vor mir saß eine blinde Frau, die mich fröhlich, liebevoll begrüßt hatte, und ich brach zusammen, heulte Rotz und Wasser. »Es tut mir so leid.« Die Anspannung der letzten Monate löste sich buchstäblich in Tränen auf.

»Was tut Ihnen so leid Angela?«

»Alles!«

»Alles? Aber Angela.« Linda suchte nach meinen Händen und hielt sie lange fest, während ich mich nur langsam beruhigte. Sie sprach Trostworte, wie man sie zu einem Kind sagt. »Wissen Sie was? Ich bezahle jetzt und dann gehen wir zu mir nach Hause, wenn es Ihnen recht ist. Dort können wir ungestört reden. Was meinen Sie?«

»Ja, das wäre gut!«

Linda hatte einen Blindenstock dabei, den sie vor der Tür aufklappte. Noch immer wusste ich nicht, wie ich mich ihr gegenüber richtig verhalten sollte. Ich fragte, ob es ihr recht wäre, wenn ich mich bei ihr einhaken würde.

»Warum nicht, wenn Sie sich dann besser fühlen?«

Ich hakte mich bei ihr ein und fühlte mich auf der Stelle besser! Linda wollte gerne zum ›Du‹ übergehen, da dies nicht so steif klänge, und ob ich etwas dagegen hätte?

Nein, überhaupt nicht, mir war es nur recht.

Wir brauchten ungefähr eine Viertelstunde bis zu ihrem Haus. Neben der Eingangstür war ein Schild befestigt, das folgende Aufschrift trug: Dr. Linda Roland, Psychotherapeutin.

Auch das noch!

»Du hast einen Doktortitel?«

»Ja, warum nicht?! In Philosophie. Aber das ist jetzt nicht so wichtig.«

Wir betraten ihre Wohnung und ich war erstaunt, wie sicher sie sich darin bewegte. »Sieh dich ruhig um, mach dich ein wenig vertraut mit den Räumen. Später zeige ich dir alles genauer, wenn du möchtest.« Die Einrichtung bestand aus der Kombination von modernen Möbeln, die durch einige alte Stücke perfekt ergänzt wurde.

Nachdem ich Cognac abgelehnt hatte, einigten wir uns auf einen trockenen Rotwein. Als die Gläser vor uns standen, erzählte ich Linda von ›meinem‹ Büro und dass es in der letzten Zeit ständig Ärger dort gab. Mein Redefluss sollte kein Ende nehmen. Sie hörte mir aufmerksam zu, manchmal zeigte sie sich auch leicht amüsiert über meine Erzählweise. Linda vermittelte mir ein gutes Gefühl, nahm mich ernst, wie schon lange niemand zuvor.

Als ich schließlich endete, war mir viel leichter ums Herz. Ich hatte mir den Schmerz buchstäblich von der Seele geredet.

Anschließend berichtete Linda mir ein wenig aus ihrem Leben, über ihren Alltag als Therapeutin sowie die vielen großen und kleinen Hürden, die sie täglich aufgrund ihrer Behinderung überwinden musste. Vor allem aber begriff ich eines an diesem Abend: Das Wort ›Aufgeben‹ kam in ihrem Vokabular nicht vor.

Wir beschlossen, uns bereits am nächsten Sonntag wiederzusehen. Aufgewühlt und ruhig zugleich, verließ ich weit nach Mitternacht ihre Wohnung. Als ich dann schließlich in meinem Bett lag, wollte der Schlaf sich nicht einstellen. Der Abend lief wie ein Film vor meinem inneren Auge ab. Immer wieder dachte ich an Linda, an die Worte, die sie zu mir gesagt hatte, an Linda, diese außergewöhnliche Frau. Ich kam mir so klein vor, neben ihr. Um wie viel stärker als ich war sie doch! Durch sie rückten meine Sorgen und Ängste in den Hintergrund, verloren an Bedeutung. Bislang badete ich förmlich in meiner Trauer, aber dank Linda hatte ich neuen Mut gefunden, sah plötzlich ein kleines Licht am Horizont.

Bereits am kommenden Sonntag würde ich sie wieder treffen. Meine Freude darüber war geradezu unbändig. Lange hatte ich dieses Glücksgefühl nicht mehr gespürt, das immer dann zu Tage tritt, wenn einem etwas Besonderes geschieht.

Und egal, wie es mit uns weiterginge: Gemeinsam würden wir die Farbe des Himmels finden. Dessen war ich mir nun ganz sicher.

Ich hatte Linda getroffen. Und das war einmalig.

Menschen

von Viktoria Johnson

*Kurzvita: geb. in Bochum. Ich habe Betriebswirtschaft studiert und arbei -
te zur Zeit als Call-Center-Agent. Ich schreibe seit meinem zwölften Lebens -
jahr und liebe vor allem Kriminalgeschichten. Ich bin geschieden und habe
zwei Töchter, mit denen ich in Castrop-Rauxel lebe.*

Ich traf ihn an einem Tag, an dem der Himmel weinte, und auch so
manches Herz war nicht erfüllt von Sonnenschein. Ich sah ihn an
und dachte: »Mein Gott, ist dieser Typ vielleicht hässlich!«
Ich, ein Mensch, der immer aufs Äußerste darauf bedacht war, für
jedermann als schön zu gelten. Nun saß ich an dieser Bushaltestelle,
der Schirm kaputt, die Strümpfe schmutzig vom Regenwasser, das
einem an die Beine spritzte. Mein Mantel war so durchnässt, dass
er völlig aus der Form geraten zu sein schien. Und da trat der in
mein Leben, ein Penner, der bestimmt schon lange keine neue
Kleidung mehr geschenkt bekommen hatte.
Er setzte sich zu mir, und beide sahen wir uns betroffen an. »Was
der sich wohl denkt?«, schoss es mir durch den Kopf. Starrt mich
hier an! Er merkte wohl meinen Unmut, denn er schlug sich auf die
Schenkel und lachte. »Sie, Fräulein, Sie sind wohl auch unter die
Räder gekommen?«
»Frechheit«, dachte ich, »was bildet der sich ein? Der glaubt doch
wohl nicht, dass ich mit so einem rede!«
»Sie, Fräulein«, wiederholte er sich, »vor fünfzig Jahren, da war ich
ein stattlicher junger Mann mit besten Manieren und sehr guter
Kleidung.« Er hatte wohl meinen Blick richtig gedeutet. »Sie, Fräulein, Sie brauchen keine Angst zu haben. Ich bin ein ganz friedli-
ches Kaliber.« Dabei lachte er so, dass man direkt in seinen Mund
sehen konnte. Grauen erfasste mich, als ich die Ruinen seiner Zähne
sah. Entsetzt wollte ich das Weite suchen, doch es regnete zu sehr
und ich konnte mangels Regenschirm das Wartehäuschen nicht verlassen.

»Was fällt Ihnen ein, mich zu belästigen?«, rief ich aufgeregt und erntete einen sehr traurigen Blick.

So saßen wir bestimmt eine halbe Stunde nebeneinander. Ich war dankbar, jeden Morgen parfümiertes Duschgel zu benutzen und auch eine ordentliche Menge des gleich riechenden Parfüms, denn besagter Mann strömte einen unsagbaren Geruch aus, der mich fast betäubte. Zudem suchte er immer wieder das Gespräch. Ich selbst sagte mir immer wieder: »Nun erwidere bloß nichts auf sein dummes Gerede, vielleicht geht er dann endlich!« Aber das anhaltend schlechte Wetter machte diesen eindringlichen Wunsch von mir zunichte.

Und da geschah es, etwas, das ich nicht erwartete, das wohl niemand erwartet hätte in dieser Situation. Er öffnete den Mund und es entströmten ihm die wundervollsten Töne, die ich je gehört hatte. Ja, dieser Mensch, in all seiner Hässlichkeit, sang mit der schönsten Stimme, die ich je vernommen hatte, ein kleines Liedchen. Es schien ein italienisches Lied zu sein, ich hatte es irgendwo schon einmal gehört. Aber nicht in dieser Zartheit und liebevollen Zuneigung, denn nur ein Mensch, der die Musik wirklich achtet und liebt, kann dermaßen singen. Es war, als ob jeder Ton von ihm liebkost und erst dann auf einer Woge voll Zärtlichkeit seinen Mund verlassen würde.

Und wie ich so lauschte, erschien mir mein kleinliches Verhalten gegenüber diesem Mann wie Hohn. Hätte er denn besser singen können, wenn er einen teuren Anzug angehabt hätte. Und auch andere Menschen, die an uns vorbeikamen, blieben stehen und lauschten den Tönen. Und es herrschte Andacht, als würden wir alle in der Kirche sitzen und dem Wort Gottes lauschen. Und war dies nicht auch wie Gottes Wort, die Schönheit dieser unserer Welt zu preisen?

Ich fing an, mich zu schämen für mein schlechtes Benehmen und sagte freundlich zu ihm, dass mir sein Gesang gefallen hatte.

»Freut mich, Fräulein. Vor fünfzig Jahren haben die Damen es auch schon gern gehabt, wenn ich gesungen habe. Nachher als ich dann in der Scala und in der Met gesungen habe, da gab's immer Blumen von den schönsten Frauen. Ja, die Frauen, ich habe sie geliebt und sie haben mich geliebt, solange ich berühmt war. Danach war's mit der Liebe schnell vorbei. Erst hat mich die Frau verlassen, dann kamen nur noch Damen, die mir auch noch mein letztes Geld nahmen. Und heute schaut sich keine mehr nach mir um. Darum lauf ich auch so abgerissen herum.«

Ich schaute verblüfft. »Haben Sie denn auch noch andere Kleidung.« In dem Moment zeigte er mir ein Foto. Derselbe Mann, nur in ordentlicher Kleidung und ordentlich gewaschen, frisiert und rasiert.

»Nur manchmal überkommt es mich und ich muss singen, und dann zieh ich mein altes Zeug an. Ich hab zwar noch Geld, aber nicht genug, um es an die Damenwelt zu verschwenden. So muss man sich eben zu helfen wissen. Ach Fräulein, und ich sing doch so gerne!«

Ich lachte, und als der Regen aufgehört hatte, machte ich mit ihm einen Spaziergang zu seiner Wohnung. Er lud mich auf eine Tasse Tee und Kuchen ein. Dort angekommen, verwandelte er sich binnen kürzester Zeit in den Menschen auf dem Bild, und irgendwie erschien er mir jetzt auch wesentlich jünger zu sein, als er vorgegeben hatte.

»Sind Sie sicher, dass Sie vor fünfzig Jahren überhaupt schon geboren waren«, fragte ich ihn.

Er lächelte und schüttelte den Kopf. Er habe gerade die fünfundvierzig überschritten, meinte er, und das sei jetzt aber wirklich die Wahrheit. Auch, dass ich ihm schon an der Haltestelle gut gefallen hätte und er mich unbedingt näher kennen lernen wollte.

Das ist nun drei Jahre her, und Antonio Vincente singt nur noch für mich. So manches Mal stelle ich mir vor, wie er wohl meiner Mutter gefallen würde, unrasiert, schlecht gekleidet und mit zerzaustem Haar. Doch ich habe die, so glaube ich, wertvollste Lektion meines Lebens gelernt. Beurteile niemanden nur nach seinem Äußeren, sonst könntest du es verpassen, einen wirklich wertvollen Menschen kennen zu lernen!

Und ich selbst achte auch nicht nur mehr auf mein Äußeres. Es nimmt einem so viel kostbare Lebenszeit, die ich jetzt lieber mit Antonio Vincente verbringe.

Weil du's bist

von Jochen Köster

Kurzvita: geb. in Düsseldorf, verheiratet. Nach einer Offiziers- und Flug-
zeugführerausbildung in Deutschland und den USA war ich Personaloffizier,
Verwaltungsangestellter sowie Direktionsassistent im DSVLR-Institut für
Physik der Atmosphäre in Oberpfaffenhoven/Bayern. Außerdem war ich
als Dezernatsleiter im Verband der Reservisten der Deutschen Bundeswehr
e.V. in Bonn tätig. 1996 wurde ich aus gesundheitlichen Gründen pensio-
niert. Seither arbeite ich ehrenamtlich in unterschiedlichen Hilfsorgani-
sationen und bin Hobbyschriftsteller.

Der alte Riedinger war zu einer Institution geworden. Onkel Karl, wie
ihn die Buben und Mädchen aus der nahen Grundschule nannten, und
Herr Riedinger, wie ihn die Schülerinnen und Schüler der auch nicht
fernen Realschule richtig anredeten, hatte ein Herz für Kinder. Sein
Kiosk lag mitten in der Kleinstadt Tuchlingen, günstig gelegen, weil
fast alle Schulwege daran vorbeiführten. Sein kleines Geschäft, ja,
das war sein Leben!
Er war immer da, vor und nach den Schulstunden. Auch wenn es mal
wieder Taschengeld gegeben oder sonst ein mitleidiges Wesen den
Not leidenden Kindern und Jugendlichen finanziell unter die Arme
gegriffen hatte.
Dennoch konnte Karl Riedinger nie ein reicher Mann werden. Zwar
hatte er offizielle Verkaufspreise für sein verlockendes Angebot an
Süßigkeiten, Eis und sonstigen Herrlichkeiten. Nur hielt er sich nicht
immer daran. Wenn ihn ein Paar fröhliche Kinderaugen anlachten,
wurde er schwach. Kostete zum Beispiel das sehr geschätzte Him-
beereis siebzig Pfennige, so mochte er – alle wussten es – diesen hohen
Betrag insbesondere den kleinen Erstklässlern nicht abnehmen …

»Fünfzig Pfenning, weil du's bist!« Auch größere Beträge rundete er
nach Belieben ab. »Zwei Mark, weil du's bist!« Gerne hörten auch
die jungen Damen aus den Oberklassen Herrn Riedingers gar nicht

geschäftstüchtige Forderung, wenn er eine Zeitschrift zu diesem Preis abgab.

Laut Aufdruck kostete die eigentlich zwei Mark und vierzig. Nicht immer aber funktionierte der Nachlass: Wer ohne richtigen Gruß und großspurig sich fordernd vor der Verkaufsluke aufbaute – nun, der bezahlte halt den regulären Preis.

Sagte ich es schon? Eine rechte Institution war Herr Riedinger im Ort. Die Kinder wussten, wie sie ihre Gelder sinnvoll anlegen konnten, und die Eltern konnten unbesorgt sein: Alkohol und sonstwie gefährliche Dinge gab es nicht im Kiosk.

Von heute auf morgen stimmte die Welt nicht mehr. Es ging wie ein Lauffeuer durch alle Klassen, und die Heimatzeitung brachte zwei Tage später einen langen Bericht über das plötzliche und unerwartete Ableben des Herrn Riedinger. Donnerstag sollte die Beisetzung sein. Die Vorsitzende des Elternvereins Tuchlinger Schulen orderte einen Kranz mit Schleife, der dann in der Aussegnungshalle recht einsam wirkte, allein vorne an den Sarg gelehnt. Verwandte oder sonstige enge Freunde oder Bekannte gab es offensichtlich nicht.

Kein Wunder. Karl Riedinger hatte über Jahrzehnte hinweg sein kleines Geschäft fast nie verlassen.

Zur Beerdigung hatten sich aber erstaunlicherweise nicht nur die Alten, die sich traditionell keine derartige Veranstaltung entgehen lassen, eingefunden, sondern auch jüngere Trauergäste. Nicht nur Schüler von heute; auch das Mittelalter war vertreten. Ganze Schülergenerationen hatten den damals noch gar nicht so alten Sonderling und sein froh stimmendes gelegentliches »Weil du's bist« in bester Erinnerung.

Wie üblich hatte der Pfarrer noch einmal kurz am Grab gesprochen, der Segen war erteilt, der Sarg in der Tiefe verschwunden. Die Lebenden erwiesen dem Toten die letzte Ehre, schickten ihm eine kleine Schaufel Erde nach oder ein grünes Zweiglein aus der Schale links vorne.

Da kam die kleine Annemarie angelaufen, strohblond, mit ihrem schönsten Festtagskleidchen angetan. Fast wäre sie zu spät gekommen, weil sie das blauweiße Dirndl nicht gleich finden konnte. In der Hand hielt sie ein Bund von Frühlingsblumen, rasch ausgerupft auf dem Weg zum Oberen Friedhof am Ortsrand.

Beherzt tritt sie als letzter Trauergast an den Rand des Grabes, streckt die beiden kleinen Arme mit dem Blumensträußchen vor, verweilt und öffnet ihre Hände ... »Weil du's bist ...«, sagt sie leise und wendet sich langsam ab.

Es wunderte niemanden, dass in diesem Augenblick nicht nur der kleinen Annemarie ein paar Tränen über das Gesicht liefen.

Ein neuer Freund

von Renate Kornblum

Kurzvita: geb. in Gelsenkirchen, verheiratet und zwei Kinder im Alter von 18 und 21 Jahren. Seit rund zwanzig Jahren wohne ich in Erftstadt und bin von Beruf Erzieherin. Schon seit meiner Jugend schreibe ich gerne Geschichten oder formuliere Gedanken auf dem Papier. Seit Sommer 2001 bin ich Mitglied in der Schreibwerkstatt der Volkshochschule in Erftstadt.

Langsam öffnete Otto Kampe die Wohnungstüre. »Was mache ich hier eigentlich?«, schoss es ihm durch den Kopf. »Warum nur habe ich mich breitschlagen lassen, mal nach diesem Jungen zu sehen?« Krank soll Martin sein, hatte ihm gestern dessen Mutter glaubhaft berichtet, und sie hätte niemanden, der sich heute um ihn kümmern könnte. Sie selber müsse arbeiten, sonst würde sie ihre Stelle gefährden. Ganz verzweifelt hatte sie ihn angesehen, und Otto konnte gar nicht anders, als nachzugeben – wenn auch widerwillig. Für ihn war Martin einer der ungezogensten Jungen in diesem Häuserblock. Erst letzte Woche stand er mit seinen Freunden unter Ottos Fenster und rief: »Otto Kampe mit der Wampe kann nur motzen, hat zwei Pranken!«

Keinen Respekt haben die vor einem alten Herrn wie ihm und erst recht nicht so einer wie Martin Oberle. Seine Mutter müsste mal fest durchgreifen, aber seit sie Witwe war, schien ihr der Junge immer mehr zu entgleiten. Otto selber hatte nie Kinder gehabt und er vermisste sie auch nicht. Er konnte sie nicht ausstehen, diese freche, lärmende Bande. Und ein Junge wie Martin Oberle bestätigte nur seine Überzeugung.

Es war sehr ruhig in der Wohnung. Die zweite Tür rechts, hatte Frau Oberle gesagt! Also öffnete Otto diese Tür und trat ein. Es war ein typisches Kinderzimmer. Die Wände waren voll geklebt mit Postern, auf denen teilweise Tiere und teilweise bekannte Film- und Fernsehstars zu sehen waren. Auf dem Teppichboden verstreut lagen

Spielwaren herum, allerlei Krimskrams, solcher, den ein Kind niemals wegwarf. Auf dem Schreibtisch stapelten sich Blätter und bunte Stifte. Dazwischen lag verstreut ein Quartett. Das Bett stand hinten an der Wand. Es lag auch offensichtlich jemand darin, aber zu sehen war nichts. Otto kam sich sehr beobachtet vor, mitten durch einen Schlitz zwischen Querbett und Kopfkissen hindurch.

»Guten Morgen!«, begrüßte Otto das Bett brummig. Ein leises und ängstliches: »Morgen!« war die Antwort. Otto Kampe versuchte, zwischen den Bettdecken irgendetwas auszumachen. Er fragte: »Wie geht es dem Patienten?«

»Viel besser!«, kam sofort die Antwort. »Du brauchst nicht weiter nach mir zu sehen!«

»Der Bengel will mich schon loswerden!«, dachte Otto.

»Dann lass mich dich mal anschauen!«, sagte er zu Martin.

»Nein, nein! Mir geht es wirklich gut!«

Jetzt reichte es Otto! Er wurde etwas zornig. »Den Teufel werde ich tun!«, sagte er unwirsch. »Ich habe deiner Mutter versprochen, nach dir zu sehen. Und was ich verspreche, das halte ich auch!«

»Immer?«, fragte die Stimme unter der Bettdecke.

»Natürlich immer!«, war Ottos prompte Antwort.

Vorsichtig lugte ein roter Schopf unter der Decke hervor.

»Nun zeig dich schon! Bist ja sonst nicht so bange.«

Mutig schälte sich Martin durch die Bettdecken hindurch. Otto sah sofort, dass das Fieber hoch sein musste, denn der Junge glühte förmlich am ganzen Körper. Das Gesicht war hochrot und die Augen stark glänzend. Mit trübem Blick schaute Martin zu Otto:

»Eigentlich geht es mir gar nicht so gut. Mein Kopf tut weh und ich habe fürchterliche Bauchschmerzen.« Und da traten ihm die Tränen in die Augen. Mühsam unterdrückte er tapfer ein Aufschluchzen.

Otto fühlte sich leicht hilflos. Er ging auf ihn zu und legte ihm unbeholfen seine große Hand auf die Stirn. Mit einem Ruck, so als habe er sich verbrannt, zog er sie sofort wieder zurück.

»Du musst auch Kopfschmerzen haben«, brummte er, »auf deinem Kopf könnte man glatt Spiegeleier braten. Jetzt messen wir Fieber!«

Auf Martins Nachttisch lag das Fieberthermometer. Otto nahm es
– und runzelte die Stirn. Er fragte sich, wie man wohl bei Kindern
Fieber misst. Er hatte nämlich davon gehört, bei Kindern würde im
Po gemessen. Aber ob Martin sich das gefallen ließe?

»Hm«, machte Otto. »Sag mal, wo misst deine Mutter bei dir Fieber,
Martin?«

»Ich bin schon groß! Bei mir misst Mutti immer unter dem Arm!«,
antwortete Martin und sah Otto ganz vorwurfsvoll an.

»Aha!« Otto versuchte, Martin das Thermometer unter die Achsel-
höhle zu stecken. Doch es klappte einfach nicht.

»Soll ich es mal versuchen?«, fragte Martin vorsichtig.

»Gut«, sagte Otto. »Aber mach es richtig, hörst du?«

»Ja, ja«, erwiderte Martin, nahm das Thermometer, klemmte es fest
unter den Arm – und schaute Otto an. Es folgten zwei lange Minuten
des Wartens. Otto fühlte sich überhaupt nicht wohl in seiner Haut.
Warum, wusste er auch nicht. Eigentlich könnte er dem Jungen jetzt
mal richtig die Meinung sagen. Bisher war Martin immer, wenn er
ihn zur Rede stellen wollte, weggerannt. Aber irgendetwas am Blick
des Jungen hinderte ihn. Nach zwei endlosen Minuten forderte er
Martin auf, ihm das Fieberthermometer zu geben. 39,2! Verdammt!
Hoffentlich steigt das Fieber nicht höher! Gesundschlafen wäre das
Beste! Zumindest hatte Otto oft davon gehört, dass Kinder viel schla-
fen sollten. Also sagte er zu Martin: »Versuche jetzt zu schlafen.
Ich komme in einer Stunde wieder.«

Gehorsam legte sich Martin wieder hin und Otto deckte ihn zu. Dann
stand er auf und wandte sich zur Tür.

»Bitte bleib. Ich habe Angst!«

Kaum hörbar war das Stimmchen hinter ihm. Otto schaute auf den
Jungen nieder. Wieder musste er raten, wo das Auge aus den Decken
herausschaute.

»Wie bitte?«, fragte er leicht erstaunt.

»Bitte bleib hier. Ich fürchte mich so!«, schluchzte Martin da los.
Otto kratzte sich am Kopf. Das machte er immer, wenn er verlegen war und nicht wusste, wie er sich verhalten sollte. Bilder aus
seiner Kindheit stiegen in ihm hoch. Auch er lag einmal einsam und

alleine im Bett. Seine Eltern mussten beide die Ernte einbringen, bevor das Wetter wieder umschlug, und keiner konnte sich damals um den kleinen, kranken Jungen kümmern. Er erinnerte sich, wie er damals vor Angst geweint hatte und sich wünschte, dass irgendeiner doch Zeit für ihn hätte. Das Schluchzen unter der Bettdecke hatte aufgehört. Es wurde still im Raum. Otto horchte.

»Schläfst Du?«, fragte er vorsichtig.

»Nein!«, kam die Antwort.

»Na gut!«, Otto seufzte. »Ich bleibe.« Er holte sich den einzigen Stuhl in diesem Zimmer und setzte sich an Martins Bett. Langsam kam das Köpfchen wieder zum Vorschein. Martin sah jammervoll aus, aber er lächelte.

»Danke!«, sagte er zu Otto.

»Hm«, machte Otto nur.

»Erzählst du mir eine Geschichte?«, fragte Martin.

Um Gottes Willen! Otto hielt die Luft an. Er kannte keine Geschichten, die man Kindern erzählen konnte. Da kam ihm eine Idee.

»Soll ich dir etwas vorlesen?«

»Ooooch, ich kenne meine Bücher alle schon. Bitte, erzähl mir doch eine Geschichte!«

Otto kratzte sich wieder am Kopf. Da erinnerte er sich an einen Streich, den er als Kind zusammen mit seinem Freund einem Mann gespielt hatte.

»Okay«, sagte Otto. »Ich erzähle eine Geschichte. Eine wahre Geschichte.«

»Prima!« Martin strahlte und Otto begann. Er erzählte, wie er und sein Freund einmal einen Mann hereinlegten, der als grantig und geizig verschrien war. Sie klebten an drei Groschen jeweils einen schwarzen Zwirnsfaden. Dann legten sie das Geld auf den Gehsteig vor dessen Haus, versteckten sich und warteten. Die Enden der Zwirnsfäden hielten sie in ihren Händen. Kaum hatte der Mann das Geld entdeckt, schaute er sich erst nach allen Seiten um, ob ihn auch keiner beobachtete. Dann bückte er sich und griff schnell nach den Münzen. In diesem Augenblick zogen die Jungen an den Fäden und die Groschen rollten weg. Vor Schreck verlor der Mann das

Gleichgewicht und fiel auf die Knie. Da hatte er dann fürchterlich geschimpft, aber die Jungen sind lachend weggelaufen, ohne dass er sie erkannt hätte.

Otto musste durch die Erinnerung an diesen Streich unwillkürlich lachen und Martin schien seine Kopfschmerzen vergessen zu haben, denn er kicherte mit.

»Habt ihr damals viele Streiche gemacht?«, wollte er wissen.

»Nun ja«, schmunzelte Otto.

»Erzähl, erzähl!«, bettelte Martin, Feuer und Flamme.

»Von wegen!«, schimpfte Otto gespielt. »Ihr Lausejungen stellt schon genug an. Ich werde euch nicht noch neue Ideen liefern!«

»Waren die Streiche der Kinder früher nicht so schlimm wie unsere?«, fragte Martin.

Otto wurde nachdenklich. Er sah auf Martin hinunter.

»Es gibt da keinen Unterschied«, antwortete er langsam. »Ich glaube, ob ein Streich schlimm ist oder nicht, liegt allein an der Position der Beteiligten. Als Kinder hatten wir jedenfalls einen Riesenspaß.«

»Weißt du, Herr Kampe«, sagte Martin, »du bist gar nicht so ein brummiger Doofmann!«

»Wie bitte?« Otto glaubte nicht recht zu hören. Martin fasste sich schnell auf den Mund.

»Entschuldige, aber bei uns nennen dich alle so.«

Otto holte tief Luft. Das saß! Und es traf ihn. War er wirklich so schlimm und unausstehlich? Martin setzte sich aufrecht ins Bett.

»Ich sage das nie wieder! Bestimmt nicht!«, schwor er. Otto versuchte zu lächeln.

»Schon gut, ich glaube es dir.«

»Ich lass es nicht mehr zu, dass sie dich ärgern!«

»Nein?«, fragte Otto gedehnt. »Und wie willst Du das denn verhindern?«

»Wenn sie dich wieder ärgern wollen, dann sage ich, dass du mein neuer Freund bist, und dann müssen sie dich in Frieden lassen!«

»Warum?«

»Weil ich sie sonst verprügeln werde!« Jetzt musste Otto lachen.

»Darf ich dich mal besuchen kommen?«, fragte Martin.

»Natürlich.«

»Oh, prima!«

»Nun musst du dich aber wieder hinlegen, sonst übergebe ich dich deiner Mutter noch kränker, als ich dich übernommen habe.« Schnell krabbelte Martin erneut unter die Decke. Er schloss die Augen und gähnte.

»Ich bin plötzlich sooo müde«, sagte er.

»Du bist ja auch nicht auf der Höhe. Versuche etwas zu schlafen. Ich bleibe hier an deinem Bett sitzen und passe auf.«

»Versprochen?«, kam es sehr müde aus dem Bett.

»Versprochen!«, antwortete Otto.

»Und du hältst immer, was du versprichst!«, stellte Martin noch fest, dann schlief er ein.

Otto Kampe blieb an Martins Bett. Er fühlte sich gut wie lange nicht mehr. Zufrieden schaute er auf den schlafenden Jungen. Ist eigentlich ein recht sympathischer Bengel, dachte er.

Menschlichkeit im Krieg

von Günter Koschorrek

Kurzvita: geb. in Gelsenkirchen. Von 1942 – 1945 war ich Soldat an der Ostfront. Im Anschluss an harte Nachkriegsjahre habe ich Karriere im Versandhandel gemacht und war bis 1985 als Vertriebsleiter tätig. 1998 erschien mein Kriegstagebuch mit dem Vorwort des ehemaligen Verteidigungsministers a.D. Dr. hc. Georg Leber unter dem Titel: »Vergiss die Zeit der Dornen nicht«.

Russland im März 1944. Unsere Einheit war auf dem Rückzug vom Dnjepr zum Bug. Der Feind saß uns hart auf den Fersen und ließ uns mit seinem Urääh-Gebrüll keine Zeit zum Verschnaufen. Müde, hungrig und zerschlagen schleppten wir uns durch den tiefen Schlamm westwärts vorbei an zerstörtem Kriegsmaterial, brennenden Häusern und Militäreinrichtungen. In einem halb zerstörten Armeedepot konnte ich noch ein neues Paar Lederstiefel ergattern, die ich gegen meine aufgeweichten Knobelbecher eintauschte. Das hätte ich lieber nicht tun sollen. Denn bald darauf waren meine Hacken nur noch rohes Fleisch und ich hatte das Gefühl, nur noch im Blut zu waten. Fortan schleppte ich mich nur unter großen Schmerzen durch den Schlamm vorwärts.

Der Haufen Nachzügler, dem ich angehörte, war längst außer Sicht. Nur Otto, mein Gruppenführer und Freund, war noch bei mir. Im nächsten Dorf wurden meine Schmerzen so groß, dass ich laut aufstöhnte und ohne Ottos Hilfe nicht mehr weiterkonnte. Ein heißer Strom durchfloss meinen Körper, als ich daran dachte, dass ich dem nachsetzenden Feind in diesem Zustand nicht mehr entkommen konnte. Otto schlug vor, ein wenig zu rasten und zu versuchen, in einem der Häuser etwas Essbares für unsere knurrenden Mägen aufzutreiben. In den letzten Tagen hatten wir sie nur mit ein paar grünen, eingelegten Tomaten beruhigen können, die wir in einem Erdkeller entdeckten, obwohl die durchziehenden Truppen alle Dörfer bis auf den letzten Krümel ausräumten.

Mit Ottos Hilfe humpelte ich durch die Tür eines der letzten Holzhäuser am Rande des Dorfes. Im Haus war es warm und sauber. Und sofort stieg uns der verführerische Duft von Hühnersuppe in die Nase, dass uns halb verhungerten Gestalten das Wasser im Munde zusammenlief. Im Hinterzimmer entdeckten wir eine Frau mit dem gewohnten Kopftuch, das der Anlass war, zu allen russischen Frauen immer ›Mattka‹ zu sagen. Sie starrte uns an, als wären wir Gespenster, und bekreuzigte sich hastig. Otto bedeutete ihr mit Gesten und ein paar Brocken Russisch, dass wir nur rasten wollten und halb verhungert wären. Er deutete auf den dampfenden eisernen Kochtopf unterhalb des großen Lehmofens, aus dem der köstliche Geruch ins Zimmer strömte.

In diesem Moment fiel mein Blick auf den Rand eines russischen Stahlhelms und einer MP, deren Lauf ein wenig unter einem Vorhang hervorlugte. Wir waren alarmiert, und Otto entdeckte unter einem Eisenbett einen kurz geschorenen, blutjungen russischen Soldaten in einer gepflegten Uniform. Er kroch unter dem Bett hervor und hielt sofort seine Hände über den Kopf. Als Otto dem Feind gewohnheitsmäßig die MP vor die Brust hielt, warf sich die Mattka dazwischen und bettelte: »Nix schießen Soldat! Nix kaputt! Moy sin, moy sin!« Sie rannte zur Kommode und zeigte uns eine Fotografie. Ja, wir erkannten darauf ihren Sohn, auch wenn er damals noch jünger aussah. Ihre Hand mit dem Lichtbild zitterte und sie flehte erneut: »Nix schießen Soldat!«

»Wer sagt dir denn, dass Otto auf einen Wehrlosen schießen würde?«, hätte ich ihr zurufen mögen. Aber sie hätte mich nicht verstanden, weil sie nicht wissen konnte, dass wir im Unterschied zu vielen hasserfüllten Sowjets unsere Feinde niemals ohne Gegenwehr erschossen hätten. Und auch ihr Sohn hatte es nicht getan, obwohl er die Gelegenheit dazu hatte, als ich mit Ottos Hilfe durch die Tür humpelte.

Otto versuchte, die Mattka zu beruhigen und legte seine MP demonstrativ auf die Ofenbank. Ihr Gesicht entspannte sich. Sie drückte ihren Sohn an die Brust und strich ihm über das Stoppelhaar. Dann erzählte sie uns in einer Mischung aus Russisch und Deutsch, das sie als

Küchenhilfe während unserer Besatzung gelernt hatte, dass es ihr wie ein Wunder erschien, als ihr lang ersehnter Sohn plötzlich vor ihr stand. Sie hatte ihn am Anfang des Krieges im Juni 1941 zu Verwandten ins rückwärtige Gebiet geschickt und seitdem nichts mehr von ihm gehört. Erst jetzt hatte sie erfahren, dass er in einer Kadettenschule in Moskau ausgebildet wurde und vor zwei Monaten als Offiziersanwärter an die Front kam. Als seine Einheit sein Heimatdorf eroberte, habe er mit zwei Kameraden die Gelegenheit genutzt, seine Mutter zu besuchen. Sie hätten auch das Huhn mitgebracht, um es zu verzehren. Als die Deutschen überraschend einen Gegenstoß machten, kamen seine Kameraden nicht schnell genug weg und wurden gefangen genommen. Er selbst konnte sich glücklicherweise im Hause seiner Mutter verstecken.

Danach wurde die Mattka regsam. Sie legte zwei weitere Teller nebst Löffel auf den Tisch und stellte den Eisentopf mit der dampfenden Suppe dazu. Dann teilte sie alles redlich unter uns auf, als gehörten wir zu ihrer Familie. In der kräftigen Suppe waren Kartoffeln, Gemüse und Hühnerfleisch. Es schmeckte köstlich und es war reichlich. Kurz darauf spürte ich, wie sich meine Lebenskraft wieder aufbaute. Damit kam mir auch meine missliche Lage wieder voll zum Bewusstsein, und ich dachte daran, dass ich nicht schnell genug wegkonnte, wenn die Sowjets wieder auftauchten. Würden es die von uns gefürchteten Elitetruppen sein, machten sie sowieso keine Gefangenen.

Ich schaute zu dem jungen Russen hinüber, der auf der Ofenbank saß und sich eine Machorkazigarette aus Zeitungspapier drehte. Er zeigte auf meine Füße und sagte etwas zu seiner Mutter. Danach fragte sie mich, wo ich an den Füßen verwundet sei. Er dachte also, ich wäre verwundet. Ob er darum nicht auf uns geschossen hatte, als wir uns mühsam dem Hause näherten? Ich machte der Mattka verständlich, dass meine Füße blutig und entzündet waren. Sie bedrängte mich, die Stiefel auszuziehen. Ich tat es widerwillig, da ich befürchtete, sie wegen der Schwellung nicht mehr anziehen zu können. Als sie meine blutigen Füße sah, schlug sie fassungslos die Hände zusammen. Sie wurde umgehend rührig und bestand darauf, dass ich meine

Füße in einem Kübel mit warmem Wasser badete, in das sie ein braunes Pulver schüttete. Danach bestrich sie die Wunden mit einer Salbe und umwickelte sie mit sauberen Stoffstreifen. Abschließend streifte sie mir saubere, gestopfte Wehrmachtssocken über.

Es war wie ein Wunder. Nach den höllischen Schmerzen der letzten Tage fühlte ich mich bald schmerzfrei. Ich lag entspannt auf dem Eisenbett und spürte eine wohltuende Müdigkeit in meinen Gliedern. Zuletzt sah ich nur noch die Mattka nebelhaft vor mir, als sie mir eine Decke überlegte – dann schwamm ich bereits in einen tiefen Schlaf hinein.

»Pan, pan! – Dawai, bisträ!« Das aufgeregte Rufen klang wie aus weiter Ferne an meine Ohren. Dann spürte ich, wie mir jemand an die Schultern fasste und mich rüttelte. Schlaftrunken schreckte ich hoch und sah einen Russenkopf über mir. Instinktiv packte ich ihn bei der Gurgel und drückte zu. Der junge Russe ließ vor Schreck die Stiefel fallen, die er mir ans Bett gebracht hatte. Dann sah ich wieder klar und stotterte eine Entschuldigung. Ich schaute auf meine Uhr und stellte fest, dass ich einige Stunden fest geschlafen hatte. Was war los? Und wo war Otto?

Da kam die Mattka hereingestürzt und rief: »Dawai, Soldat! – Schnell, schnell! – Ruski Soldat kommen, viele, viele!«

Die Tür wurde erneut aufgerissen und Otto rief mir zu: »Los beeile dich, der Iwan ist da! Sie kämmen schon das obere Dorf durch und werden bald hier sein.« Dann war er wieder draußen.

Der Schlaf und die Salbe der Mattka hatten Wunder bewirkt. Ich fühlte mich gut und wollte eiligst meine Stiefel anziehen. Doch es ging nicht! – Ich kam in die steifen Dinger nicht hinein. Der Verband war zu dick und ich spürte wieder die peinigenden Schmerzen in den Füßen. Was sollte ich tun? Wenn ich auf Socken durch den Schlamm liefe, wäre ich den Verband bald los und könnte mir eine Blutvergiftung holen. Aber es blieb mir keine andere Wahl. Ich nahm daher meine Stiefel und hastete eilig an der guten Mattka und ihrem Sohn vorbei zur Tür. Dabei fiel mein Blick auf die weichen, braunen Offiziersstiefel des jungen Kadetten, die ich schon vorher bewundert hatte. Sie waren auch größer als meine. Wenn wir uns in dieser Situation als Feinde begegnet wären, hätte ich nicht einen Moment gezögert, ihm die Stiefel von den Beinen zu ziehen, um mich zu retten. Aber so konnte ich es nicht. Er war zwar mein Feind, aber wir haben an einem Tisch gesessen und gemeinsam aus dem Topf seiner Mutter gegessen. Sie hat meine Füße versorgt und er hat mich anschließend schlafen lassen. Nein! – Mag der Krieg auch noch so dreckig sein, ein wenig Anstand und Würde wollte ich mir noch bewahren. In einer entschlossenen Aufwallung warf ich meine Stiefel fort, die mich auf der Flucht nur behindert hätten. Dann rannte ich auf Socken zur Tür.

Als ich die Tür aufstieß, stoppte mich der Anruf des Russen: »Stoi Towaritsch*!« Ich drehte mich um und hätte den jungen Iwan umarmen mögen. Er war mein Feind und müsste eigentlich verhindern, dass ich entkomme. Stattdessen zog er sich die von mir so heiß begehrten Stiefel aus und warf sie mir zu. So schnell habe ich mir noch nie Stiefel angezogen. Meine Beine rutschten leicht hinein und ich spürte kaum Schmerzen an den Füßen. Dann ging es um Sekunden. Ich hörte bereits die Knallerei und die Zurufe der Russen im Dorf, als die Mattka und ihr Sohn mich hinausdrängten.

Draußen war es noch dunkel. Die Leuchtkugeln der Feinde warfen ein gelbliches Licht auf den nass glänzenden Schlamm der Dorfstraße. Otto war auf der anderen Straßenseite und winkte herüber. Er saß auf einem struppigen Panjepferd und hielt einen zweiten Gaul an einem Hanfseil fest. »Los, sitz auf!«, rief er mir zu. »Ist die beste Gelegenheit, schnell von hier wegzukommen!« Ich saß gerade auf meinem struppigen Gaul, da knatterten vor uns Gewehrschüsse. Unsere Gäule machten einen Satz und rasten wie vom Teufel gejagt zum Dorf hinaus.

Erst als das Dorf schon weit hinter uns lag, verfielen die kleinen Klepper in einen Zuckeltrab. Irgendwann blieben die störrischen Gäule ganz stehen. Wir konnten sie nicht mehr dazu bewegen, uns weiterreiten zu lassen. Als wir absaßen und die Hanfseile etwas locker ließen, rissen uns die eigensinnigen Biester aus. Sie gesellten sich umgehend zu den halbwilden Panjegäulen, die stetig der Schlammspur der zurückflutenden Truppe folgten, sich aber nicht

*Halt, Kamerad!

einfangen ließen. Von da ab musste ich mit Otto wieder zu Fuß gehen, was mir dank der weichen Russenstiefel weit besser gelang als zuvor. Bis wir wieder Anschluss an unsere Truppe fanden, habe ich noch sehr oft an die gute Mattka und ihren Sohn gedacht, der ich wahrscheinlich mein Überleben während des Krieges mit zu verdanken habe.

Licht am Ende des Tunnels

von Regina Kress

*Kurzvita: geb. in Reinbek bei Hamburg. Ich arbeitete als Hotel-Direktions -
assistentin in Lübeck. Nach der Heirat begleitete ich meinen Mann nach
Australien und lebte einige Jahre in Sydney und Melbourne. Während die -
ser Zeit entdeckte ich das Schreiben, um die neuen Eindrücke festzuhal -
ten. Inzwischen nach Deutschland zurückgekehrt, lebe ich in Essen und
arbeite als Angestellte im Öffentlichen Dienst. Das schreibende Hobby ist
fester Bestandteil meiner Aktivitäten geblieben.*

Die Haustür fiel hart ins Schloss. Ein paar Schritte hörte sie auf den
Waschbetonplatten nachhallen. Dann wurde ein Automotor gestar-
tet und langsam entfernte sich das Brummen des Motors.
Sie saß wie versteinert auf dem Küchenstuhl. Ihre Gedanken schos-
sen wild durch den Kopf. Ihre Hände zitterten. Als sie die Kaffeetasse
zum Mund führen wollte, schwappte der Kaffee über und ergoss sich
als kleines Rinnsal über ihre weiße Leinenbluse.
Sie ärgerte sich über ihre Ungeschicklichkeit und zwang sich nun,
ihre Gedanken zu ordnen. »Vielleicht bringe ich ihn um!«, murmelte
sie leise vor sich hin. Sie stellte die Kaffeetasse in die Spülmaschi-
ne, wischte die Arbeitsplatte mit einem Küchentuch ab und ging ins
Schlafzimmer, um ihre befleckte Bluse auszuziehen.
Langsam knöpfte sie die Bluse auf – und mit jedem Knopf, den sie
löste, festigte sich ihr Entschluss, ihn umzubringen.

Es klingelte, ein hastiger Blick auf die Uhr – zu dieser Zeit konnte es nur Mechthild sein. Schnell ging sie die Treppe hinunter, um
die Tür zu öffnen.
»Wo habe ich dich denn hergeholt, Gerti – bist du krank? Du siehst
erbärmlich aus!«, sprudelte Mechthild hervor und ging zielstrebig
in die Küche, um sich auf den Küchenstuhl fallen zu lassen. Sie kram-
te in ihrer Tasche und brachte eine Schachtel Zigaretten hervor.
»Setz dich hin, erzähl, was vorgefallen ist. Ich sehe, du hast dich

wieder geärgert!«, Mechthild hatte inzwischen die Zigarette angezündet und blies den Rauch aus.

»Du sollst nicht in der Küche rauchen!«, murmelte Gerti kraftlos. »Du weißt, Karl-Heinz mag das nicht!«

»Ach, Karl-Heinz, Karl-Heinz – er mag so vieles nicht. Denk mal an was anderes als nur an Karl-Heinz«, erwiderte Mechthild mit einem verächtlichen Unterton. »Setz dich endlich hin und erzähl, was los war!«, forderte Mechthild sie auf.

Gerti setzte sich, strich ihre schönen, perfekt geschnittenen Haare hinter das Ohr, faltete ihre gepflegten Hände und seufzte aus tiefstem Herzen.

»Du wirst es nicht glauben«, begann Gerti stockend, »aber heute, das war der Gipfel, nein der absolute Gipfel – heute hat er von mir verlangt ...« Tränen liefen über ihre aschfahle Haut und sie begann, nach einem Taschentuch in ihrem Ärmel zu suchen.

Mechthild wühlte wieder in ihrer unergründlichen Tasche, zauberte ein Paket Tempo-Tücher hervor und reichte es Gerti über den Tisch. Gerti fingerte sich ein Tuch heraus, schnäuzte und holte wieder Luft. »Heute hat er verlangt ... Nein – ich kann es nicht sagen ...«, tränenerstickt war ihre Stimme. »Heute verlangte er von mir ...« Und wieder versagten ihr durch das Weinen die Worte. »Ich soll ein Haarnetz tragen, wenn ich die Butterbrote schmiere«, schluchzte Gerti.

»Na, das passt zu diesem Mistkerl«, kommentierte Mechthild und nahm Gerti in den Arm. Eine Weile weinte Gerti still vor sich hin, schüttelte ab und zu den Kopf, seufzte tief und sagte immer wieder: »So kann es nicht weitergehen – so geht es nicht!«

Mechthild hatte inzwischen Kaffee gekocht, saß wieder bei Gerti und tätschelte sanft die zusammengepressten Hände ihrer Cousine. »Ich habe dir schon immer geraten, dich von Karl-Heinz zu trennen, der Mann treibt dich in den Wahnsinn! Er macht doch nur absurde Dinge. Es ist doch nicht normal, das Geschirr zu spülen, bevor es in die Maschine kommt, nur weil es vielleicht riechen könnte, oder aus den Mülltüten immer erst sorgfältig die Luft zu pressen, um sie dann fest verknotet in die Mülltonne zu werfen. Und wenn ich an unseren gemeinsamen Einkauf denke: ein Alptraum! Erst packt er sorgfältig die Ware in den Einkaufswagen, dann ganz ordentlich auf das Kassenband, dann wieder genauso kleinlich zurück in den Wagen, dann in die Klappkiste, die ordentlich im Kofferraum des Autos befestigt wird – damit nichts klappert. Zu Hause wird wieder alles exakt in die Regale gestellt, ausgerichtet nach einer imaginären Richtschnur. Das ist Wahnsinn, glaub es mir! Wie hältst du nur dabei seine Sprüche ›Ordnung ist Charaktersache‹ und ›Ordnung ist das halbe Leben‹ aus? Ich hätte ihn schon umgebracht!« Mechthild hatte sich in Rage geredet. Zornig klatschte sie ihre Hand auf den Tisch und riss Gerti damit aus ihren Gedankengängen.

»Ja, ordentlich habe ich ihn kennen gelernt. Ich dachte immer, mit der Zeit lässt er fünf gerade sein. Ich habe mich getäuscht, es ist im Gegenteil ausgeprägter geworden. Vielleicht liegt es auch an seiner schlimmen Allergie, dass er stets bemüht ist, alles staub-, ja fast keimfrei zu haben. Es war schon peinlich. Wenn wir Besuch hatten, war Karl-Heinz mit einer Haushaltsrolle bewaffnet und wischte sofort und stetig jeden Gläserrand von der Glasplatte des Couchtisches. Einmal die Asche einer Zigarette im Aschenbecher abgestreift, veranlasste das Karl-Heinz, ihn sofort in der Küche gründlich zu säubern. Seine Marotten wurden belächelt, aber die Häufigkeit der Besuche signalisierte mir, dass sich niemand bei uns wohl fühlt. Auf seinen Tick angesprochen, lächelte er nur und sagte, dass er Sauberkeit schätze, diese ihm über alles gehe und für ihn absolut nichts Verwerfliches sei. Wer sollte da widersprechen?
Früher habe ich bewundert, wie zielsicher er immer alles parat hatte. Nicht nur die Brille, Autoschlüssel, Brieftasche, das Taschentuch – nein, auch die nicht alltäglichen Dinge: Die Gartenschere liegt nach Gebrauch immer am selben Platz, der Besen hängt am selben Haken, die Stadtpläne für Autofahrten sind immer ordentlich gefaltet in einer ausrangierten Aktentasche an derselben Stelle im Kofferraum des Autos. Karl-Heinz kann nachts geweckt werden, er findet blind alle Sachen, die er verwahrt hat. Er ist stolz drauf – Ordnung ist für ihn Charaktersache.
Wie habe ich ihn am Anfang unserer Ehe angelächelt, als er sagte:

›Kindchen, deine Hausschlüssel liegen schon wieder im Einkaufs-
korb – nachher suchst du sie. Ich habe sie für dich an das Schlüs-
selbrett gehängt.‹

Auch die unterschwelligen Vorwürfe wie, ›ich habe das Licht in der
Waschküche ausgemacht. Du warst doch unten?!‹ haben mich nicht
irritiert, ich nahm immer an, er meinte es gut.

Amüsant fand ich es lange Zeit, wenn sich Karl-Heinz auf jeder
Fußmatte, egal, ob innen oder außen, die Füße gründlich abputzte.
Vieles schob ich auf seine akute Allergie gegen so viele Dinge des
Alltags: Staub, Milben und Insekten.« Gerti sprudelte alles nur so
hervor, als ob ein Ventil geöffnet worden wäre, und Mechthild hörte
geduldig zu, obwohl sie alle geschilderten Eigenschaften bis ins Detail
aus eigener Erfahrung kannte. Lange genug war sie in jungen Jahren
mit ihm befreundet gewesen, aber dann hatte er sich eben für Gerti
entschieden, die Wesenssanfte, wie er sich damals ausdrückte.

Gerti hatte sich jetzt wieder beruhigt. Es tat ihr gut, dass ihre Cousine
gerade heute zum Putzen gekommen war. Mechthild verdiente sich
nach ihrer Scheidung mit Putzarbeiten Geld, um ihren bescheide-
nen Unterhalt etwas aufzubessern. Mechthild hakte noch einmal nach
und riet Gerti: »Trenne dich von Karl-Heinz, er macht dich krank!
Willst du jeden Tag heulen?«

Gerti guckte ihre Cousine irritiert an und erwiderte: »Du weißt doch,
dass in Karl-Heinz Position eine Scheidung ausgeschlossen ist. Es
würde ihn seinen Job kosten und mich meine regelmäßigen guten
Einkünfte. So leben wie du, nein danke, das möchte ich auch nicht!
Ich will nicht jede Mark zweimal umdrehen, an etwas Luxus und
Freiraum habe ich mich gewöhnt. Aber ich weiß: So wie es ist, kann
es nicht weitergehen.«

»Tja, tja«, antwortete Mechthild lakonisch, »wegen der übertriebenen
Pingeligkeit wollte ich Karl-Heinz nicht haben. Mein Ex hatte auch
Macken, mit denen ich nicht leben wollte – aber glaube mir, lieber
finanziell klamm, als einen solchen Kerl wie Karl-Heinz auch nur
stundenweise zu ertragen!«

Gerti warf den Kopf zurück und ein Lächeln huschte über ihr Gesicht.
»Ich werde es noch eine Weile ertragen«, sagte sie mit fester Stimme,

»dann sehen wir weiter.« Sie sagte ihrer Cousine, dass sie sich hinlegen möchte, gab ihr Geld, und bat das Putzen auf übermorgen oder nächste Woche zu verschieben.

Mechthild war einerseits froh, ohne Einsatz ihren Putzlohn bekommen zu haben, andererseits machte sie sich Sorgen um Gerti. Etwas unentschlossen verabschiedete sie sich, versprach aber, am Nachmittag zu telefonieren, um zu hören, wie es ihr ginge.

Gerti ging ins Schlafzimmer legte sich auf das Bett, sann über die Unterhaltung nach und kam zu dem Schluss: »Ich bringe ihn um! Ganz ordentlich und sehr sorgfältig!«

Sie schmiedete Pläne, um sie wieder zu verwerfen, und begann erneut, alles abzuwägen. Sie legte sich auf die Seite, auf den Bauch, auf den Rücken, immer die Augen fest geschlossen, im Geiste einen bestimmten Ablauf des Geschehens vor Augen. Dann plötzlich sprang sie auf, lächelte befreit und ging nach unten. In der Küche schrieb sie einen Einkaufszettel und ließ sich von der Radiomusik berieseln. Dem Wetterbericht schenkte sie jedoch ganz besondere Aufmerksamkeit und freute sich sichtlich, als für den folgenden Tag sommerliche Temperaturen angekündigt wurden.

Als sie ihren Einkaufszettel längst fertig hatte, klingelte das Telefon. Mechthild erkundigte sich nach ihrem Befinden und war am Ende des Gesprächs zufrieden, dass Gerti wieder guter Dinge, ja fast heiter war. Eine Verabredung wurde für die nächste Woche getroffen, jedoch nicht ohne zu versichern, sofort anzurufen, ›falls etwas ist‹. Kaum hatte Gerti den Hörer in der Lageschale abgelegt, war sie zum Einkaufen unterwegs.

Den späten Nachmittag verbrachte sie bei Kaffee und Kuchen auf der Terrasse und war mit sich und ihrer Umwelt zufrieden.

Der Abend mit Karl-Heinz verlief schweigend. Er wollte nicht in den Garten, wegen ›dem ganzen fliegenden Getier‹, während sie sich an diesem sommerlichen Abend ganz besonders wohl fühlte. Begeistert schaute sie den Wespen zu, die immer wieder den Obstkuchen anflogen.

Am nächsten Morgen setzte sie das gestern gekaufte Haarnetz auf. »Na siehst du, es geht doch! Ist doch wohl viel hygienischer«, war der Kommentar von Karl-Heinz. Sie quittierte es mit einem bezaubernden Lächeln. Karl-Heinz war für einen Moment irritiert, jedoch so eingebunden in die morgendliche Routine, dass es bedeutungslos wurde.

»Ich höre von dir«, verabschiedete sich Gerti hastig und nahm erleichtert wahr, wie sich das Brummen des Motors entfernte. Der Morgen schlich träge dahin; Gerti blieb im Haus. Sie versuchte zu lesen, zu kochen, ein wenig aufzuräumen, aber es waren alles nur Ansätze.

Als es klingelte, erschrak sie nicht – sie strich sich über das Haar, schaute durch das kleine Fenster im Windfang, und ihr Herz begann zu jagen. Zwei Polizisten standen mit versteinerten Gesichtern vor der Tür. Gerti öffnete und bat die Herren hinein.

Die Polizisten übermittelten Gerti die schreckliche Nachricht: »Ihr Ehemann hatte einen Unfall und ist auf dem Weg ins Krankenhaus einem allergischen Schock durch eine Vielzahl von Wespenstichen erlegen. Ein umfassender Bericht des Mediziners folgt.« Gerti bemühte sich, die Fassung zu wahren und bat die Herren, sie alleine zu lassen. Die Polizisten waren erleichtert, ihren unangenehmen Auftrag beendet zu haben und verabschiedeten sich höflich.

Als Gerti die Tür hinter ihnen geschlossen hatte, strahlte sie: »Es hat geklappt, der Kuchen mit den Wespen im Auto, die lange Stadttunnelfahrt ohne schnelle Möglichkeit anzuhalten ... Allergischer Schock ... Das war doch ordentlich, nicht wahr, Karl-Heinz?«

Hochwürden

von Rainer Leukel

Kurzvita: geb. im Westerwald, aufgewachsen in Mainz am Rhein. Ausbil -
dung als Drucker, verheiratet, 2 Kinder. Mein erstes Manuskript von 90
Seiten wurde als Romanbeilage eines Zeitschriftenverlags veröffentlicht.
Mein erstes Buch mit dem Titel »Coventry« erschien 1961 und handelt von
einem englischen Kriegsschiff gleichen Namens. 1979 und 1980 wurden
meine ersten beiden Jugendbücher veröffentlicht, die 2. Auflage erschien
1987 bzw. 1988. Mein neuestes Buch handelt von ausländischen Jugend -
lichen in Deutschland.

Der böige Wind fegte schneidend aus dem Tal herauf. Er wirbelte
den pulvrigen Schnee auf und kehrte ihn zuhauf in die Winkel und
Türnischen des alten Pfarrhauses. Die Fensterläden klapperten wie
wild.
Hochwürden blieb noch für eine Minute unter der Haustür stehen
und beobachtete sorgenvoll den Nachthimmel. Nur über den nahen
Taunuserhebungen ballten sich einige Wolkenfelder, sonst war das
Firmament sternenübersät, und ein runder, blassgelber Vollmond
schaute ruhig und scheinbar gleichmütig auf die schlafende Rhein-
gaugemeinde herab. In solch sternenklaren Nächten pflegten meist
die alliierten Bomber zu erscheinen, und wie tödliche Hornissen-
schwärme über ihre Ziele herzufallen. Bis jetzt aber blieb alles ruhig.
Nur der Hofhund des gegenüberliegenden Anwesens schlug an und
riss wütend an seiner Kette. Bellte er den Mond an oder witterte er
am Ende jene Männer des britischen Aufklärungsflugzeugs, die am
Nachmittag ihre brennende Maschine verlassen mussten und nun
wohl in der Kälte dieses eisigen Wintertages umherirrten, Wärme
suchten und unverfängliche Kleidung, die sie mit ihren verräteri-
schen Flieger-Kombinationen tauschen wollten? Das Thermometer
zeigte 10 Grad unter Null.
»Beinahe hätte ich es vergessen, Hochwürden«, sagte Sophie, die
Wirtschafterin. »Soldaten waren hier, um Sie zu warnen. Man hat

ein Flugzeug abgeschossen, aber die Flieger nicht gefunden. Sie haben sich wohl mit dem Fallschirm gerettet. Es ist möglich, dass sie heute Nacht ins Dorf kommen, um ... um ... Seien Sie um Himmels willen vorsichtig, Hochwürden!«

»Mach ich, Sophie, keine Bange!« Der korpulente Dorfpfarrer trat in den knöcheltiefen Schnee hinaus und schob die Hände tief in die Manteltaschen. »Eine schreckliche Zeit, die zum Glück bald zu Ende sein wird.«

»Ihr Wort in Gottes Ohr, Herr Pfarrer«, erwiderte Sophie, in der Kälte des ungeheizten Hausflurs erschauernd. »Bitte, beeilen Sie sich, Hochwürden, sonst ist die alte Frau Bertram gestorben, ohne von Ihnen die letzte Ölung erhalten zu haben.«

Die Kirchturmuhr hoch über seinem Haupt schlug elf Mal. Das Wolkenfeld über dem Taunus begann sich aufzulösen und trieb in langen Fahnen am nächtlichen Himmel dahin. Draußen empfing Hochwürden die gespenstische Unruhe einer winterlichen Sturmnacht. Die Bäume auf dem Kirchenplatz knackten in der Kälte und ihre Zweige flüsterten geheimnisvoll im Wind. Eine Ladung Schnee rutschte vom Dach des Pfarrhauses herab und polterte dumpf zur Erde.

Und dann blieb Hochwürden plötzlich wie angewurzelt stehen. Die Tür zur Sakristei war unverschlossen, bewegte sich leise knarrend hin und her. Immer hin und her ...

Hatte er vergessen, sie zu schließen? Ganz gewiss nicht.

Das Mondlicht tauchte die vertraute Umgebung in fahle, geisterhafte Helligkeit. Der Wind zerrte an der Kleidung des einsamen Mannes. Im Schatten seiner Kirche blieb er erneut stehen und lauschte fröstelnd und voller Unbehagen in die Nacht hinaus.

Ein Flugzeug brummte über die schlafende Gemeinde hinweg. Das Dröhnen seiner Motoren klang schwer und dumpf, entfernte sich und schwoll wieder an. So, als suche der Pilot ein bestimmtes Ziel. Vom Tal trug der Sturmwind das Heulen der Luftschutzsirenen herauf.

Einem Herold gleich, der Tod und Verderben ankündigte.

Die vielen Fußspuren zur Sakristei machten Hochwürden stutzig.

Stammten sie etwa alle von ihm und dem Küster, oder ...?

Aus dem Innern der Kirche drang kein Laut.

Eine Reihe von Sekunden stand der einsame Mann unbeweglich. Kälte kroch an seinen Beinen empor. Das Dorf lag wie ausgestorben da. Er war ganz allein.

Eine frische Tierspur zog sich durch den Schnee, Iltis oder Wiesel, ein Marder vielleicht, der den Hühnerställen entgegenschlich.

Hochwürden fiel wieder ein, dass ein Mensch auf ihn wartete, der mit seiner Hilfe ins Reich Gottes einkehren wollte, und entschlossen ging er weiter.

Vorsichtig trat er ein, drückte die Tür, die unerwartet laut knarrte, hinter sich zu.

Sekundenlang stand er wie erstarrt. Sein Herz begann zu klopfen und er schalt sich einen Narren deshalb.

So eine Eselei! Sich wie ein Kind vor einer zufällig nicht abgeschlossenen Sakristeitür zu fürchten!

Im Innern war alles wie immer. Die Verdunkelung war nicht herabgelassen und Hochwürden konnte deshalb kein Licht machen. Aber allmählich wurden die Umrisse erkennbar. Der Schrank mit den Messgewändern, Tisch und Stühle, die eichene Truhe, die kleine Kommode und darüber die Statue der Heiligen Mutter Gottes.

Er wartete, bis sich seine Augen an die Dunkelheit gewöhnt hatten, dann durchquerte er den Raum und öffnete ganz leise die Tür zur Kirche ...

Und im gleichen Augenblick durchfuhr ihn ein eisiger Schreck.

Er war nicht allein in seinem Gotteshaus!

Der Mond war nun hinter einer der langen Wolkenfahnen verschwunden und Hochwürden ahnte die fremden Gestalten mehr, als er sie sehen konnte. Hastig, ein wenig zu hastig, wandte er sich zurück, als versuche er, vor der Situation zu fliehen, und stieß mit dem Fuß an die Truhe. Es gab ein dumpfes, weithin hörbares Geräusch.

Aber keine Reaktion erfolgte. Im Hauptraum der Kirche blieb alles still. Totenstill. Und doch ... Hochwürden lockerte mit hastigen Bewegungen den Kragen seiner Soutane, der ihm plötzlich zu eng geworden war.

Was um Himmels willen ging in seiner Kirche vor?

War er allein überhaupt in der Lage, der Situation Herr zu werden? Oder sollte er sich besser auf leisen Sohlen hinausstehlen und Hilfe herbeiholen?

Aber was, wenn er Gespenster sah und sich seine plötzliche Furcht als völlig unbegründet erwies? Diese Geräusche einer Sturmnacht konnten sehr wohl Halluzinationen hervorrufen. Nein, er als Pfarrer, als Respektsperson, konnte sich unmöglich dem Gespött der Gemeinde aussetzen. Er musste da hinein, ganz gleich, was ihn erwartete.

Noch immer kam kein Ton aus dem Hauptraum seiner Kirche. Der Geistliche trat möglichst unhörbar ein. Es war zu dunkel, um etwas zu erkennen. Und sein Herz klopfte so sehr, dass es mögliche Geräusche übertönte.

Das Ewige Licht stand als ruhiger, roter Punkt in der Schwärze der Nacht. Ein vertrauter, beglückender Anblick, an die Nähe des Allerheiligsten erinnernd.

Hochwürden machte eine tiefe Kniebeuge vor dem Altar und wandte sich entschlossen um ... Für Sekunden setzte der Herzschlag des einsamen Gottesmannes völlig aus.

Denn in diesem Augenblick trat der Vollmond hinter der Wolke hervor und Hochwürden konnte erkennen, dass er tatsächlich keiner Halluzination erlegen war:

In der ersten Bankreihe standen mehrere seltsam unheimliche Gestalten, völlig stumm, bewegungslos. Drei, vier, fünf Menschen, eine Frau dabei, schemenhaft sichtbar, aber dennoch unverkennbar. Die Frau schien jung zu sein, zartgliedrig, und sie saß als Einzige. Ihre schmale Hand hatte sie ein wenig vorgereckt, als wolle sie gerade das vergessene, vor ihr liegende Gebetbuch an sich nehmen und als sei sie in dieser Stellung zu Eis erstarrt. Die Männer waren älter, mysteriöser. Einer hatte wohl einen Bart, so genau vermochte Hochwürden es in der fahlen Helligkeit des schwindenden Mondlichtes nicht zu erkennen; ein anderer stand vornübergebeugt, auf einen derben Stock gestützt.

Und sie starrten ihn alle ohne ein einziges Wort an.

War nicht einer von dunkler Hautfarbe? Nicht erst jetzt kam dem zu Tode erschrockenen Mann der Gedanke an jene umherirrenden Besatzungsmitglieder des abgeschossenen Flugzeuges der Air Force.

Zu allem Unglück verschwand der Mond erneut hinter einer dunklen Wolke, und die stummen, unheimlichen Gestalten waren nur noch als vage Silhouetten wahrnehmbar.

Draußen schlug der Hofhund an. Es klang dumpf herein in die gespenstische Stille der nächtlichen Kirche.

Hochwürden bewegte sich zögernd einen Schritt vor, einen zweiten. Die Kehle war ihm wie zugeschnürt. »Hallo«, wollte er sagen, doch die Stimme versagte ihm und er brachte nur ein Krächzen zustande: »Hallo, wer ... ist da?«

Er hatte unerwartet laut gesprochen und die Worte hallten in der Höhe des Gewölbes wider: »... ist da ... ist da ... ist da?«

Nichts. Keine Antwort. Die unheimlichen Gestalten standen völlig stumm, bewegungslos, noch immer schien die junge Frau nach dem Gebetbuch greifen zu wollen, aber in der Bewegung zu verharren.

Eine absolut gespenstische Szene. Wie aus einem Schauerroman entnommen.

Aber für den alten Pfarrer der abgelegenen Rheingau-Höhengemeinde war sie plötzlich zur schrecklichen Realität geworden.

Etwas kroch Hochwürden eisig kalt den Rücken hinab. »Wer sind Sie?«, krächzte er und räusperte sich. »So antworten Sie doch!«

»Sie doch .... Sie doch... Sie doch!«, echote das Kirchengewölbe und ließ die gespenstische Situation noch unheimlicher erscheinen.

Die stummen Gestalten in der ersten Bankreihe starrten ihn aus wächsernen, bewegungslosen Gesichtern an.

Eine Sturmböe prallte gegen die Kirchenfenster, und das Ewige Licht im Altarraum flackerte. Im Dunkel des Kircheninneren knackte und knisterte es geheimnisvoll, wisperte und raunte im Gebälk des Chorraumes. Hochwürden fror mit einem Mal entsetzlich. Aber er überwand seine schreckliche Furcht und ging langsamen Schrittes auf die unheimlichen Besucher seiner Kirche zu. Wenn, um Gottes willen, das Mondlicht doch endlich zurückkäme!

Am Nachthimmel brummte wieder ein Flugzeug dahin. Ein deutsches, ein alliiertes? Er durfte kein Licht machen, um nicht die gesamte Gemeinde in höchste Gefahr zu bringen.

»Was machen Sie hier um diese Stunde in der Kirche? So reden Sie doch endlich!«

Der alte Mann im Priestergewand trat entschlossen auf die regungslos verharrenden Gestalten zu und berührte die vorgestreckte Hand der jungen Frau ... und zuckte entsetzt zurück.

Die schmale, feingliedrige Frauenhand war kalt, eiskalt und steif.

Die Hand einer Toten.

Der Atem Hochwürdens ging gepresst. Er fürchtete, jede Sekunde einem Herzinfarkt zu erliegen. Bestürzt fasste er erneut nach der eisigen Hand der Fremden, tastete sich voller Erschütterung zu dem schmalen, stillen Gesicht empor.

Kälte war in den versteinerten Zügen und Leblosigkeit. Nun gab es keinen Zweifel mehr. War die fremde junge Frau in dieser eisigen Februarnacht erfroren und ...? Allmächtiger Gott im Himmel! Waren sie etwa alle hier in seiner Kirche erfroren? Und standen deshalb so starr und stumm da?

Von nacktem Entsetzen gepackt, griff der Priester mit zittrigen Händen nach dem nächsten, dem übernächsten Gesicht.

Sie waren alle hart und eisig kalt und steif, ohne einen Funken Leben.

Erstarrt die offenen Augen, die Wangen, die wulstigen Lippen des Dunkelhäutigen, die knochigen Hände des nächsten, die den derben Stock umklammerten.

Mit einem mühsam unterdrückten Aufschrei floh Hochwürden, ungeachtet der fehlenden Verdunkelung, zum Lichtschalter. Helligkeit durchflutete das Kirchenschiff. Mit jagenden Pulsen wandte der alte Mann sich um, gewiss, nun Schreckliches vor Augen zu haben ...

Und ein tiefer Seufzer der Erleichterung entrang sich seiner Brust.

Die scheinbar unheimlichen, seltsam leblosen Gestalten in der Kirchenbank waren die lebensgroßen Figuren seiner Weihnachtskrippe, die der Küster, um sie wie jedes Jahr nach Maria Lichtmess auf den Kirchenspeicher zu schaffen, in die vorderste Bankreihe stellte, ehe sie verpackt und weggetragen wurden.

Die Begegnung

von Letícia Milano

Kurzvita: geb. in Brasilien, wo ich Journalismus und Theaterwissenschaft studiert habe. Mit 30 Jahren bin ich wegen meiner Arbeit mit Hörspielen und Features nach Deutschland gekommen. Die in diesem Buch erschie - nene Erzählung ist mein erster, vollständig in Deutsch geschriebener Text. Ich lebe heute mit meinem Kind in Berlin.

Meine Schuhe sind voller Sand, und ich bin müde und wütend, diesen einen Kilometer an der Küste laufen zu müssen, als ich die schwimmende alte Frau sehe, die ich interviewen muss. Meine dreißig Jahre schwitzen vor Hitze und auch vor Aufregung, während die Frau gerade aus dem Wasser zu mir kommt. Sie sieht frisch und gesund aus, obwohl sie zweiundsiebzig ist. Sie grüßt mich und lädt mich ein, mich im Schatten eines Sonnenschirmes vor ihrem Haus am Strand hinzusetzen.

Ihr Mann bringt uns ein Bier und verschwindet wieder in den Garten hinter dem Haus. »Theoretisch darf ich keinen Alkohol mehr trinken«, sagt sie, »aber das habe ich mein ganzes Leben gemacht; ich kann nicht auf einmal aufhören. Außerdem muss ich einen Grund haben, eines Tages zu sterben«, schmunzelt sie.

Meine Interviewpartnerin spricht sieben Sprachen; sie lebte in drei verschiedenen Ländern und lernte fast die ganze Welt kennen; sie hat drei Kinder – eins starb schon – und arbeitete ihr Leben lang als Reporterin und Schriftstellerin. Vor zwei Jahren entschied sie sich für diesen Ort an der Küste. Das heißt aber nicht, dass sie aufgehört hat zu arbeiten. Sie hat einen Computer zu Hause, mit dem sie im Moment ein neues Buch über ihre Erfahrungen in Indien schreibt. Die Fotos für das Buch hat sie selbst während der Reise gemacht.

»Eigentlich bin ich untypisch für eine alte Dame«, erzählt sie mir. »Mein Mann und ich stehen normalerweise gegen halb zwölf auf und frühstücken gemütlich beim Zeitunglesen. Man kann nicht ohne

Informationen leben, wir jedenfalls nicht. Danach gehe ich schwimmen und mein Mann pflegt den Garten. Er mag die Blumen mehr als ich«, sagt sie mit einem zwinkernden Auge. »Später treffen wir uns zum Spazieren wieder. Wir laufen, bis wir Hunger kriegen. Erst nachmittags habe ich Lust zu arbeiten. Ich schreibe bis um neun oder zehn, dann fahren wir in die Stadt, um ein Bier zu trinken oder uns einen Film anzusehen. Auch nachts schreibe ich gern oder denke einfach an meine neuen Pläne. Manchmal muss ich irgendwohin fahren, um ein Seminar oder eine Vorlesung zu halten. Ich finde es gut so, Routine kann ich nicht lang ertragen.«

Das Wasser schlägt Wellen und wir hören weiter die Heckenschere, mit der ihr Mann die Blumen schneidet. Wir schauen auf das Meer und schweigen. »Arbeiten Sie weniger als früher?«, will ich wissen.

Sie lächelt mir zu mit ihren kindlichen Augen. »Das Leben muss man genießen. Ich habe viel durchgemacht, auch gearbeitet. Aber nicht mehr oder weniger als jetzt. Acht oder zehn Stunden zu arbeiten, müde nach Hause zu kommen, keine Kraft mehr zu haben, etwas Schönes zu tun – das wollte ich nie. Meine Energie brauche ich für etwas Anderes. Ich habe trotzdem für utopische Ideale gearbeitet, nicht selten, ohne Geld dabei zu verdienen. Manchmal war ich mit dem Resultat unzufrieden. Aber ich kann sagen, im allgemeinen hat es sich gelohnt.«

»Möchten Sie nicht einmal aufhören?«, frage ich.

»Ja. Wenn ich nichts mehr zu sagen und zu tun habe. Aber dann kann ich auch sterben. Als wir uns das Haus hier gekauft haben, dachten viele, jetzt werden sie ruhig. Das ist ja der Punkt. Ich habe in drei verschiedenen Ländern gelebt, manchmal in verschiedenen Städten dieser Länder. Nur weil ich jetzt am Strand lebe, denkt man, werde ich Rentnerin? Warum denn? Ich werde alt, aber ich bin noch nicht gestorben. Im Gegenteil, ich habe mehr zu sagen, weil ich viel Erfahrungen gesammelt habe. Das heißt nicht, dass ich die Wahrheit wüsste, vielleicht habe ich nur konkretere Fragen.«

Sie spricht schneller und lauter, und die Augen sind heller geworden. Ich sehe mich wie vor einem Spiegel. Sie hat vielleicht meine

Gedanken bemerkt, denn sie ändert plötzlich die Richtung unseres Interviews. »Und Sie? Haben Sie sich schon vorgestellt, wie Sie alt werden wollen?«

Ich schwanke einen Moment, aber ihre Augen machen Mut. »Ich habe immer Angst vor meinen ersten Falten gehabt. Es war immer schwer für mich zu akzeptieren, dass ich langsam meine Kraft und meine Gesundheit verliere, dass mein Gedächtnis schwindet und die Jungen meinen Platz einnehmen und meine Ideen alt werden. Ich habe immer gesagt, mit vierzig will ich sterben. Jetzt bin ich dreißig und kann's mir nicht vorstellen, in zehn Jahren tot zu sein. Ich habe schon lang ein paar graue Haare und meine ersten Falten. Ich habe nicht mehr so viel Energie wie früher, aber ich kann sie jetzt besser einsetzen. Ich kann bestimmte Situationen besser verstehen, besser diskutieren und meine Meinung sagen. Mein Geist hat sich sozusagen entwickelt, und ich schäme mich manchmal, wenn ich an das Mädchen denke, das ich war. Ich hätte nicht geglaubt, dass ich eines Tages so viele Pläne für meinen Lebensabend hätte.«

»Und welche sind sie?«, fragt mich die alte Reporterin ganz interessiert.

»Mehr reisen, vielleicht probieren, irgendwo anders zu leben, mehr schreiben, nicht nur Reportagen, sondern auch Bücher über Themen, die mir gefallen, und so ein Leben führen, dass ich später die Ruhe finde.« Das habe ich so schnell und begeistert gesagt, dass ich mich über meine eigenen Worte erschrocken habe. Die Augen der Frau waren wie ein Spiegel für mich. Für einen Augenblick hatte ich das Gefühl, ihr und mein Gesicht seien eins mit zweiundvierzig Jahren Abstand. Aber dann lächelt sie schon wie eine Oma und sagt weich zu mir: »Das wird dann auch geschehen.«

Ich laufe diesen einen Kilometer zurück mit ihren Worten im Ohr, während die Sonne tiefer sinkt und die Schatten länger werden. In meinem Herzen trage ich die Überzeugung, dass ich mir heute an einem fantastischen Ort begegnet bin, in einer unrealistischen Zeit mit mir gesprochen habe. Der Weg scheint nicht mehr so lang zu sein wie vormittags. Ich spüre den Sand nicht mehr in meinen Schuhen. Weder Wut noch Müdigkeit. Ich drehe mich um, aber das Haus ist nicht mehr zu sehen und das Geräusch der Wellen hat nicht mehr das Gegenspiel der Heckenschere. Der Abendwind säuselt in meinem Gesicht und ich habe keine Angst mehr, alt zu werden.

Von Jungenträumen und Weihnachtsbäumen

von Günther Paffrath

Kurzvita: geb. in Forsten-Kürten, verheiratet, fünf Kinder. Nach einer Landwirtschaftslehre übernahm ich den landwirtschaftlichen Betrieb mei - ner Eltern. Später studierte ich Pädagogik, arbeitete als Lehrer und bin inzwischen im Ruhestand. Ich beschäftige mich gern mit Schreiben (sechs Bücher und zahlreiche Veröffentlichungen in Anthologien und Jahrbüchern). Eine weitere Passion ist für mich die Arbeit in Feld und Wald (Getreide für eigene Brotherstellung, Bienen, Rinder).

In den Jahren, in denen wir Weihnachtsbäume zu verkaufen hatten, nahmen wir bereits wenige Wochen nach der Kartoffelvermarktung Kontakte mit Weihnachtsbaumaufkäufern auf. Die folgende Geschichte, in der Weihnachtsbäume eine tragende Rolle spielen, beginnt somit auch im Herbst.

In jenem Jahr feierten wir am 6. Oktober das Erntedankfest, und mit diesem Tag muss ich anfangen, wenn ich die Geschichte vollständig erzählen will.

Bis zu jenem Erntedankfest war ich kein eifriger Kirchgänger, wobei ich unter ›eifrig‹ ohnehin schon größere zeitliche Kirchenbesuchsintervalle verstehe. Es war jedoch für mich – als Jungbauern – ein inneres Bedürfnis, besonders am Erntedankfest dem Schöpfer für Milch und Eier, Korn und Kartoffeln zu danken.

An diesem 6. Oktober wurde in unserer Kirche der neue Pfarrer eingeführt. Da ich in der zweiten Reihe unmittelbar hinter der neuen Pfarrersfamilie saß, konnte ich aus nächster Nähe das feierliche Geschehen beobachten. Viele Kirchenbesucher, Presbyter und die Amtsbrüder des neuen Pastors waren bei der Amtseinführung sichtlich bewegt und schauten mit ernsten Gesichtern drein. Ganz anders jedoch der neue Pfarrer. Er erschien mir quirlig und fröhlich, sein rotblondes Kraushaar wippte bei jeder Bewegung.

Neben ihm saß in betont aufrechter Haltung seine dunkelhaarige Frau und neben dieser die Tochter mit dem in unserer Region seltenen Namen Rahel, und genau hinter dieser saß ich.

Was mir an der etwa Achtzehnjährigen auffiel, das war ihr schwarzes, kräftiges Haar, das zu einem langen Zopf gebunden über ihr dunkelblaues Samtkleid herabhing. Ich konnte einfach nicht den Blick von dieser Haarpracht wenden. Als ein wenig später unvermittelt der Organist die Orgel in ihrer vollsten Kraft ertönen ließ, wendete sich dieser prächtige Haarkopf um und blickte zur Orgel. Für einen Augenblick vergaß ich fast zu atmen, dieses fein profilierte Gesicht, einer marmornen Göttin gleichend, aber hier in natürlicher Anmut gewiss noch viel schöner!

Die dunkelblauen Augen, lang bewimpert, unter schwarzen Brauen blickten an mir vorbei hinauf zur Orgel. Wenn sie mich angesehen hätten, ich glaube, ich wäre überrot geworden. Nun, ihr Blick streifte mich nicht einmal. Dennoch hatte mich ihre Schönheit innerhalb weniger Sekunden in ihren Bann gezogen.

Rahel!

Oft sprach ich den Namen in der Folgezeit vor mich hin.

Wie gut konnte ich Jakob verstehen, der für seine Rahel sieben Jahre umsonst arbeitete.

Es war mir klar, dass ich mindestens sieben mal sieben Jahre lang für diese Rahel arbeiten würde. Vorerst begann ich damit, meine Lebensgewohnheit zu ändern. Anstatt dreimal im Jahr ging ich fortan jeden Sonntag zur Kirche, hoffend, hinter diesem schwarzen Zopf, hinter dieser märchenhaften Lichtgestalt sitzen zu dürfen.

Meinen Eltern entging diese wundersame Wandlung nicht.

Sie fragten sich wohl, um was für ein Schlüsselerlebnis es sich handeln möge, das mich der Kirche so nahe gebracht hatte.

Meine Verhaltensänderung beschränkte sich nicht allein auf den eifrigen Kirchenbesuch, nein, auch meine Umgangsformen waren anders geworden. Auf meine Garderobe legte ich fortan ebenso größeren Wert wie auch auf meine Körperhaltung, die gerader, oder auf meinen Gang, der gravitätischer wurde. Dennoch dauerte es bis in den November hinein, ehe ich es wagte, das Mädchen nach der Kirche auf dem Kirchvorplatz anzusprechen. Ich machte sie darauf aufmerksam, dass die Witterung sehr unfreundlich sei, was sie auch bestätigte und mir anbot, mich unter ihren kleinen, lilageblümten Schirm zu stellen. Dieser bot ihrem schönen Haupte soeben Regenschutz, mir aber nutzte er mehr als Regenrinne. Es war für mich – so empfand ich es jedenfalls – der herrlichste Augenblick meines jungen Lebens. Ich genoss förmlich jeden Tropfen, der von ihrem Schirm in meinen Nacken floss, und da gab es viel zu genießen. In eine freundlich-lockere Unterhaltung vertieft, schritten wir die wenigen Meter bis zum Pfarrhaus, wo ich mich von ihr verabschiedete. In ihren dunkelblauen Augen sah ich ein kurzes Aufleuchten, als ich die Hoffnung äußerte, es möge doch am nächsten Sonntag aus dem Sonn- ein Regentag werden, der es mir erlaube, mich wieder unter ihren Schirm stellen zu dürfen.

Dieser Wunsch ging nicht in Erfüllung; denn der nächste Sonntag war ein strahlender Novembertag. Nach dem Gottesdienst trat ich auf dem Kirchplatz zu ihr und wies darauf hin, dass es ein besonders schöner Tag sei, was sie ebenso fand. Wir kamen diesmal etwas länger miteinander ins Gespräch, und ich empfand voller Wonne eine volle, harmonische Übereinstimmung zwischen ihrem äußeren Erscheinungsbild und ihrem Wesen.

Fortan nahm mein Bestreben, ihr möglichst nahe zu sein, neue Dimensionen an. Nachdem ich bereits Mitte November dem Kirchenchor beigetreten war, schloss ich mich Anfang Dezember einem Bibelkreis und einer kirchlichen Jugendgruppe an.

Alle diese Bemühungen zielten darauf hin, nicht nur vor Rahel, sondern auch vor ihren Eltern bestehen zu können, die möglicherweise Vorbehalte gegen einen freundschaftlichen Umgang ihrer Tochter mit einem Jungbauern haben könnten.

Insgesamt war ich in einer sehr glücklichen Stimmung, die sich auch von der immer winterlicher werdenden Witterung nicht beeindrucken ließ.

Der Winter nahte indessen mit Schneeregen und Reif.
Ende November begannen für uns Verhandlungen mit Weihnachts-

baumaufkäufern. Wir hatte vor einigen Jahren eine große Waldwiese mit jungen Fichten bepflanzt, die in diesem Jahr Weihnachtsbaumgröße hatten und verkauft werden konnten.

Anfang Dezember begann für uns also die ›Waldernte‹. Der Ertrag für manche harte Arbeitsstunde musste nun in bare Münze umgewandelt werden. Mitte Dezember war die Aktion abgeschlossen, und nur vereinzelt erschienen noch private Käufer, um ihren Weihnachtsbaum direkt bei uns, dem Erzeuger, zu kaufen.

Wir waren somit in jenen Tagen häufig in der Fichtenparzelle.

Dabei fiel uns auf, dass immer wieder Weihnachtsbäume von Weihnachtsbaumdieben geschlagen worden waren. Häufig fehlten sie gerade dort, wo ohnehin eine Bestandslücke ein weiteres Schlagen nicht mehr zuließ. Offenbar hatte man sich in diesem Jahr wieder daran erinnert, dass es sich unter einem gestohlenen Weihnachtsbaum am besten singen – und es sich in unserem Wald am leichtesten klauen ließ.

Da wir uns nur ungern die Früchte unserer Arbeit fortnehmen und der Willkür in unserem Wald freie Bahn lassen wollten, patrouillierten wir öfters um unseren Bestand.

Eines Abends war ich wieder auf der Pirsch. Es begann leise, aber immer intensiver zu schneien. »Beim Schnee wird es leichter werden, eine Spur zu verfolgen oder einen Weihnachtsbaumdieb zu stellen«, dachte ich bei mir. Ich malte mir aus, wie ich einen solchen mit harschen Worten anhalten und zur Rede stellen würde. Es tat mir gut, meinem Zorn über diese Klauer in leisen Selbstgesprächen freien Lauf zu lassen.

Da plötzlich war es mir, als sähe ich etwa hundertfünfzig Schritte unterhalb von meinem Standort aus eine Gestalt in dunkelgrünem, inzwischen schneebesprühtem Loden aus unserer Parzelle treten. Eine spitze Kapuze, ebenfalls schon schneeüberzuckert, ließ den Menschen wie einen Riesenwichtel erscheinen. Mühsam schleppte er zwei Weihnachtsbäume mit sich den Berg hinan. Ich stieß einen Ruf aus und begann, den Hang hinabzurutschen. Er schien mich gesehen zu haben und schlug einen schmalen Nebenweg ein. Als ich parierte, änderte auch er erneut die Richtung, dennoch kam ich ihm immer näher. Schließlich war ich nur noch wenige Meter hinter ihm. Er hatte an Geschwindigkeit zugelegt und musste sich gehörig anstrengen, denn die Weihnachtsbäume ließen sich gewiss nicht leicht ziehen. Obgleich er wissen musste, dass ich direkt hinter ihm war, hielt er nicht an. Da ich wegen der Enge des Weges und der Breite der beiden Bäume nicht an ihm vorbeikonnte, rief ich: »Hallo – he, hallo!«

Er blieb stehen, drehte sich um, und ich erstarrte.

Unter der schneebedeckten Zipfelmütze schauten rotblonde Locken und darunter das Gesicht unseres neuen Pfarrers hervor.

Wir erkannten uns, und die Verlegenheit wuchs bei mir.

Nun hatte ich den Vater meiner Angebeteten beim Weihnachtsbaumdiebstahl gestellt. Dieser mochte die ›Baumentnahme‹ wahrscheinlich nur als ein Kavaliersdelikt betrachtet haben, vielleicht hatte er sich aber auch gar nichts dabei gedacht. Für mich würde es das Ende meiner großen Liebe bedeuten, fände ich jetzt nicht die richtigen Worte. So leitete ich das Gespräch mit der überflüssigen Frage ein: »Haben Sie Weihnachtsbäume geholt?«

»Das habe ich, junger Freund. Aber – wo bin ich bloß hier? Ich habe wohl den rechten Weg verfehlt!«

Im Innern bestätigte ich seine letztere, doppeldeutige Feststellung, stieß aber nur heiser vor Erregung hervor: »Woher haben Sie die Bäume?«

»Die haben ich vom Schöpfer erstanden, einen für mich, einen für das Gemeindehaus. Aber weshalb fragst du, mein Sohn?«

Seine ruhige, freundliche Art sowie die Formulierung ›mein Sohn‹ verwirrten mich, darum fragte ich erneut: »Bei wem kann man solch schöne Bäume erwerben?«

»Bei Gott, in Gottes freier Natur«, wiederholte er, und wieder war ich durch seine Unbefangenheit irritiert.

»Aber weshalb fragst du so eindringlich?«, fuhr er fort, »und warum bist du mir so auffällig gefolgt – ich hab dich schon eine Weile hinter mir gespürt. Gelt, du bist doch der fleißige Kirchgänger, der mir schon immer aufgefallen ist, und von dem meine Tochter Rahel manchmal spricht.«

Bevor ich, nach einer Antwort suchend, etwas sagen konnte, beantwortete er seine Frage selbst. »Lass mich raten, junger Mann. Du willst sicherlich auch einen Baum haben, und nun siehst du, dass ich gleich zwei besitze und denkst, ich könne dir getrost einen abgeben, so wie das der Martin mit seinem Mantelteil getan und so wie es unser Heiland gepredigt hat. Es sei drum so, wie du es dir wünschest. Du kriegst den rechten hier. Es ist der größte Baum, es ist der, den ich für das Gemeindehaus auswählte.« Er sah mich einen Augenblick schweigend und nachdenklich an und meinte dann: »Sicher bist du damit einverstanden, wenn ich dich bitte, mir für diesen schönen Baum, den ich eigenhändig fällte und bis hierher schleppte, zehn Mark zu zahlen. Der Küster kann dann einen Ersatzbaum kaufen.«

Jetzt wollte ich sagen, der Baum stamme aus unserem Wald. Er könne ja nicht von mir verlangen, den eigenen Baum zu kaufen und ihm den zweiten kostenfrei zu überlassen, und dass ich es nicht schön fände, wenn er einfach in einen fremden Wald gehe und sich das hole, was er brauche. Doch ich war zu verstört und verwirrt und stieß nur verschüchtert hervor, ich wisse nicht, ob ich genug Geld bei mir habe. Zufällig fand ich jedoch meine Geldbörse in einer meiner zahlreichen Jackentaschen.

So bezahlte ich meinen eigenen Baum und ließ den Weihnachtsbaumdieb unbehelligt von dannen ziehen.

Insgeheim nahm ich mir vor, zur Strafe den Gottesdienst drei Wochen lang – mindestens! – nicht mehr zu besuchen.

Dies geschah an einem Freitag.

Am Sonntag aber saß ich bereits wieder brav hinter Rahels langem, schwarzem Zopf.

Winterball

von Margitta Pansa

Kurzvita: geb. in Danzig, verheiratet, 2 Töchter. Nach dem Studium der Politikwissenschaft, Geschichte und Anglistik war ich Lehrerin am Abend - gymnasium und habe 1991 promoviert. Seit meiner Kindheit war Sprache für mich ein Mittel, mich mit Realität auseinander zu setzen und ihr gleich - zeitig zu entfliehen. Für Schreibversuche blieb mir bisher kaum Zeit.

Auf meiner Kommode treffen sich alte Fotos in Silberrahmen. Verwandte und Freunde stehen dort. Menschen, die sich kannten und schätzten, andere, die sich nie begegnen konnten oder durften. Wenn ich nachts durch Geräusche aufschrecke, wenn Angst meine Augen größer werden lässt, weil ich alleine lebe in dem Haus mit drei Bä- dern, aus dem die Jungen weggezogen und die Älteren weggestor- ben sind, dann glaube ich, dass die Fotos auf der Kommode tanzen, so wie wir damals tanzten, im großen Ballsaal des Kasinos. Eine of- fizielle Veranstaltung. Wie viele der Damen trug auch ich eine durch Haarteil aufgebauschte Hochsteckfrisur, gehalten von Nadeln und einer großen Spange. Aber es waren nicht nur die sechziger Jahre, es war auch Faschingszeit und diese Nacht verlief lockerer als die gewohnten Winterbälle. Trotzdem war unsere erste Berührung ein Pflichttanz, mit Frage an den Partner, mit Verbeugung und Nicken. Die Kapelle spielte Lara's Theme, als seine Hand wie zufällig auf meinem Rücken zu wandern begann, den Haaransatz erreichte, mich streichelte. Ich war seit sieben Jahren verheiratet, hatte Kinder. In den folgenden Monaten begegneten wir uns bei Vorträgen und Kar- tenabenden, auf Grillfesten und Geburtstagen, immer mit Partnern, immer unter Menschen, die nichts ahnen durften. Ich wusste, dass ihm eine Karriere vorausgesagt wurde, und dazu gehörte ein har- monisches Familienleben ohne Affären oder Scheidungen. Wir sahen uns kaum an bei den Begrüßungen, so sehr fürchteten wir, uns durch Blicke zu verraten. Selten, sehr selten blieben uns Minuten oder eine Stunde ohne andere Menschen. Im folgenden Jahr zogen beide Familien um. Die Männer begegneten sich auf Fortbildungen. Manche nahmen ihre Frauen mit; ich wurde nie mitgenommen. Wir hörten voneinander, wechselten Geburtstagsgrüße als Familien.

Die Siebziger brachten mehr Freiheit. Nicht nur unsere Haare durften nun wild um den Kopf wehen, auch Trennungen waren nicht mehr tabu. In dieser Zeit gelang es uns, ein Wochenende gemeinsam zu verbringen. Er hatte Karriere gemacht und fuhr die Nobelmarke, von der er Jahre zuvor träumte. Ich begann ein Studium und kämpfte mich durch. ›Das Kapital‹, Pflichtlektüre für alle Studienanfänger der Gesellschaftswissenschaften. Unsere Ehen bestanden weiter. Die Zuneigung verblasste, wurde zur Erinnerung und tröstete, wenn der Alltag unerträglich zu werden drohte. Und wenn ich Lara's Theme hörte, wünschte ich mir, noch einmal mit ihm tanzen zu können.

In den Achtzigern verloren wir uns fast aus den Augen, hörten nur selten voneinander. Damals bat ich meinen Mann, bei den jährlichen Treffen Fotos von alten Freunden zu machen. So entstand das Bild, das heute meine Kommode bewohnt.

Mitte der Neunziger hörte ich von seiner Erkrankung. Ich wusste, dass es keine Hoffnung gab und ihm nur noch Monate blieben. Ich spürte erneut seine Hand auf meinem Nacken, suchte das Gefühl, das ich nie zuvor und selten danach erleben konnte. Nichts war vorbei. Nur meinen Wunsch, noch einmal mit ihm zu tanzen, den musste ich endgültig vergessen. Ich wollte ihn nicht überfallen, belästigen, erschrecken. So wartete ich bis zu seinem Geburtstag, ehe ich den Kontakt aufzunehmen wagte. Er selbst nahm den Hörer ab. Seine Stimme verriet seine Freude, aber Fragen nach seinem Befinden wich er geschickt aus. Schon nach wenigen Sätzen hörte ich, wie im Hintergrund die Klingel summte. Man erwartete Gäste zum Abendessen. Damit hatte ich nicht gerechnet. Ich wollte auflegen, er nicht. »Noch ein bisschen, noch ein paar Sätze, die können warten.« Ich merkte, wie seine Frau die Ankommenden begrüßte, die üblichen Floskeln. »Wir müssen aufhören«, wiederholte ich. Er fragte nach meinem Alltag, machte sich Sorgen um mich; so, als habe er die zurückliegenden dreißig Jahre schützend bei mir gestanden. Wir wussten, es war unser letztes Gespräch, aber keiner erwähnte es. Seine Frau drängte, wir legten auf.

Es vergingen Wochen, in denen wieder Hoffnung zu keimen begann. Mein Mann erzählte nun häufiger von ihm. Er hielt den Kontakt aufrecht.

Eines nachts träumte ich, dass ich wieder vor dem Schwimmbad stand, in dem ich als Kind schwimmen gelernt hatte. Fast ein halbes Jahrhundert hatte ich den Ort nicht mehr besucht. Ein Betonbecken zwischen Wiese und Eichenwald. Während des Krieges war das Bad nicht benutzt worden, doch Ende der vierziger Jahre leitete man einen Bach zu dem Becken und füllte es mit Wasser. Noch ehe das Wasser den Rand erreichte, konnten wir Kinder schwimmen. In meinem Traum war das Becken leer wie am Ende der Saison, wenn das Wasser auf die umliegenden Wiesen abgelassen worden war. Das raue Grau des Beckenrandes und die Tiefe des Beckens erschreckten mich. Ich stand alleine, sah auf der anderen Seite am Waldrand einige Personen, die ich flüchtig zu kennen glaubte. Plötzlich stand er vor mir, achtete nicht auf die anderen, fasste mich und tanzte mit mir, führte mich fort von dem Becken in die umliegenden Wiesen, wo er zwischen den Herbstnebeln verschwand, mich zurücklassend.

Ich schreckte hoch. Mein Wecker zeigte 6.12 Uhr. Die Todesanzeige lag zwei Tage später im Briefkasten. Irgendwann in den folgenden Jahren erzählte seine Frau mir, dass er entschlafen sei, nichts gemerkt habe. Um fünf hatte sie ihm noch etwas zu trinken gereicht, als sie um sieben wieder erwachte, lag er tot im Bett. Ich erwiderte nichts. Was hätte ich auch sagen sollen?

Im Garten des Königs

von Ulrich Picht

Kurzvita: geb. in Thüringen. Nach der Flucht aus der DDR 1945 habe ich in Kiel und Heidelberg Deutsch, Geschichte und Philosophie studiert. 1966 promovierte ich zum Dr. phil. zur Geschichte Osteuropas. Zurzeit bin ich Studiendirektor an einem niedersächsischen Gymnasium. Schreiben ist mein Hobby - besonders Lyrik und Kurzgeschichten.

Von der Gartenfront des Versailler Schlosses einige hundert Meter entfernt, linker Hand im Park unter hoch gewachsenen Bäumen, befindet sich der Garten des Königs. Mit einem Lageplan in der Hand hatte ich das längliche, von Wegen eingefasste Areal gefunden und mich auf eine Bank gesetzt. Der Blick fiel auf frühlingsgrüne Büsche, frisch bepflanzte Blumeninseln und den glatten Stamm einer Platane, die den Mittelpunkt der ovalen inneren Rasenfläche markierte. Die Laubbäume im Hintergrund waren noch fast kahl, aber voller Knospen und Triebe. Vom weißlich verschleierten Märzhimmel kam gedämpftes Sonnenlicht. Der Wegrand vor mir war mit einem warmen Blütengelb betupft.

Es war still hier, abseits von den Hauptwegen – ein geradezu intimer Bezirk. Gedämpft drangen manchmal Stimmen von der ›Allee des Apollon‹ herüber. Vom Großen Trianon waren die heiseren Schreie der Pfauen zu hören, auch Entenrufe und klatschende Flügelschläge vom Großen Kanal.

Wenn man die Augen schließt und die Zeit vergisst, tönt das alles wie durch eine innere Welt.

Als ich wieder um mich blickte, bemerkte ich, dass ich nicht allein war. Schräg gegenüber, in einer Nische am Rundweg, saß noch ein anderer. Ein Mann – besser: ein Herr – oder nein, nicht nur ein Herr. Ich erkannte, während ich immer wieder verstohlen hinschaute: Das war er selbst. Das war der König.

Woher nahm ich nur diese Gewissheit? Es gab keinerlei Beweise. Er saß dort in einem Straßenanzug, ähnlich wie ich gekleidet, ähnlich wie ein beliebiger Tourist – denn die saloppe T-Shirt-Saison hatte noch nicht begonnen; vielleicht sah er etwas seriöser aus. Aber keine Krone, kein Rangabzeichen, auch kein Ordensbändchen, nicht einmal eine perlenblitzende Schlipsnadel – und doch war ich mir sicher. Es ist die schlichte Wahrheit: Ich habe ihn wirklich gesehen.

Und wie hätte er denn auch sonst auftreten sollen? Man stelle sich vor, er wäre – mitten im Zeitalter der Blue Jeans – in höfischer Aufmachung erschienen, in goldbestickten Gewändern, mit Spitzenmanschetten und Allongeperücke, Seidenstrümpfen und Schnallenschuhen! Man hätte ihn bestenfalls für einen der Studenten gehalten, die für eine Spende in historischen Kostümen vor dem Louvre posieren.

Dass er ausgesprochen majestätisch gewirkt hätte, kann ich nicht behaupten. Er saß still, in sich versunken, auf seiner Parkbank und hielt die Hände auf den Knien wie nach einem anstrengenden Arbeitstag – ein höherer Angestellter hätte so dort sitzen können, ein Vertreter, auch ein Facharbeiter vielleicht, ermüdet vom langen Arbeitstag, etwas enttäuscht, auch ein klein wenig deprimiert. Er ruhte aus. In sich gekehrt und weltvergessen. Vielleicht auch traurig. Oder melancholisch. Oder einfach müde, müde vom vielen Königsein. Er schien die Einsamkeit zu suchen. ›Garten des Königs‹ – dies war womöglich schon immer sein Lieblingsplatz gewesen. Was sollte er auch anderes gewünscht haben, wenn wieder ein Tag voller steifer Empfänge und einstudierter Posen vorüber war, voller Hofklatsch und Intrigen, voller Schmeicheleien und Schmähungen, mit unwillkommenen Gästen und aalglatten Höflingen und – wenn überhaupt – an der Seite einer aus Staatsraison angeheirateten Gemahlin? Immer beobachtet, taxiert, fixiert, hofiert, belauert, frühmorgens im königlichen Bett und noch spätabends am Spieltisch; kein Dessert ohne Politik, kein Bonmot ohne Unterton, kein Trinkspruch ohne Kalkulation, kein Lächeln ohne Berechnung. Wie muss das menschenmüde gemacht haben!

Hinter den fein gerasterten Zweigen der Baumwipfel ging schnurgerade ein weißer Strich durch das blasse Himmelsblau. Ein leises

Maschinenrauschen wanderte ihm nach, in Richtung auf Paris. – Über was würde man sich jetzt, nach Jahrhunderten, mit einem Fürsten aus der Ära des Absolutismus unterhalten? Würde man fragen, ob er auch einmal fliegen möchte? Was er von der modernen Technik halte? Warum er, der so viel bauen ließ, nicht überall im Schloss Bäder (oder wenigstens Toiletten) eingerichtet habe? Was er von der heutigen Freiheit und Gleichheit halte? Ob er damals seine Macht genossen habe? Ob er unter Einsamkeit gelitten, ob er je einen Freund oder wenigstens ehrliche Berater gehabt habe? Und wie er es finde, dass er in Geschichtsbüchern als Ausbeuter dargestellt werde, der Untertanen für üppige Diners mit arbeitsscheuen Adeligen und für Perlenpräsente an Mätressen habe schwitzen lassen? Wie kritisch er sich denn jetzt selber sehe? Als einstiger Despot? Als Landesvater und Patriarch? Als großer Mann zum Ruhme Frankreichs? Aber wenn nun er, der König, ebenfalls Fragen stellte – wie würde man dabei abschneiden? Was könnte man antworten, falls er sich nach dem ›Fortschritt‹ erkundigte? Ob die Menschheit – oder wenigstens die Christenheit – denn inzwischen vernünftiger geworden sei? Und was die Weltverbesserer mit ihren Flugblättern und ihren Guillotinen am Ende erreicht hätten?

Mit solchen Gedanken war ich beschäftigt, statt mir einen Ruck zu geben und ein wirkliches Gespräch anzufangen. Was hätte das für eine fantastische Geschichte, für eine sensationelle Reportage ergeben: ›Im Garten des Königs‹!

Einen historischen Hinweis auf diesen Garten hatte ich übrigens in den Memoiren einer französischen Hofdame gefunden. Seine Majestät seien einmal des Abends, so schrieb sie, unauffindbar gewesen. Als der Hofmarschall wegen dringender Geschäfte den König habe suchen lassen, sei er in einem verschwiegenen Winkel des Parks aufgespürt worden. Es folgte im Text eine Kennzeichnung des Ortes, die, wie mir schien, das Wiederfinden möglich machte. Aber da war noch etwas Interessantes zu lesen. Ein Bedienter namens Jérôme habe beteuert, an jenem Abend habe er dort seinen Herrn, der sich unbeobachtet glaubte, weinen sehen. – Es wurde Stillschweigen über diese Beobachtung befohlen. Sie wäre wohl auch nicht geglaubt worden. Denn man kannte seine Majestät herrisch, oft auch kühl oder spöttisch. Und nun saß er hier wie ein lebensmüder Pensionär, reglos, stumm. Bestenfalls wie ein Denker. Wie eine Skulptur von Rodin, von Barlach. Keine Siegerpose, keine Krone, keine großen Gesten.

Und doch hatte ich ihn erkannt.
Die königlichen Gärten, seine Gärten, würden um 19 Uhr schließen, so meinte ich gelesen zu haben. Während ich nach der Uhr sah und gewohnheitsmäßig, mit dem typischen Griff des vorsichtigen Touristen, nach der Brieftasche tastete, musste der König unerwartet aufgestanden sein. Sein Platz war plötzlich leer und ich sah nichts mehr von ihm. Wahrscheinlich war er unmittelbar in den nächsten Seitenweg eingebogen und nun von einer Buchsbaumhecke verdeckt. Das hätte sich leicht feststellen lassen. Ich weiß nicht, warum in aller Welt ich gezögert habe, ihm zu folgen und vielleicht hinter sein Geheimnis zu kommen. Was mochte sein Ziel sein? Das Schloss, die jetzige Touristenattraktion? Würde ihn das nicht zum Museumsgespenst degradieren? Oder würde er mit seiner gutbürgerlichen Kleidung in einer Versailler Etagenwohnung verschwinden? Vielleicht in einem Bus, Richtung Paris? Und nicht in einer gen Himmel schwebenden Wolke, wie man das von barocken Deckengemälden kennt? Wie ein Gemälde – so sah der von Schleiergewölken überzogene Himmel auch jetzt aus. Ich hatte mich auf den Rückweg gemacht. Die weite Schlossfassade mit ihrem ockerfarbenen Stein strahlte ein warmes Licht aus und hatte ihre Strenge verloren. Ich suchte die Mitte zwischen den beiden oberen Wasserbecken und verfolgte die Blickachse durch den weiten herrschaftlichen Park, über den Großen Kanal hinaus in die Ferne: Symmetrie, Staatsordnung, Weltordnung. Barockes Abendrot stand über dem fernen Becken des Apollon, wo der steinerne Sonnenwagen langsam im Wasser zu versinken scheint. Nur noch wenige Besucher waren im Park unterwegs. Vom Muschelwäldchen herüber schlenderte ein junger Mann im Rollkragenpul-

lover mit seiner jeansblau gekleideten Freundin dem Ausgang zu. Sie sprachen Deutsch und ich konnte ihn sagen hören: »Was müssen die reich gewesen sein!« Es klang nachdenklich.
»Ach ja?«, erwiderte sie. »Und was ist mit uns?«

Er hatte die Fragen wohl nicht sofort verstanden. Aber als ich einige Augenblicke später noch einmal hinsah, standen die beiden eng umschlungen.

Das fliegende Mädchen

von Ada Prus-Niewiadomska

Kurzvita: geb. in Polen. Nach dem Abitur studierte ich an der Universität Warschau polnische Philologie und machte dort den Magisterabschluss. Danach arbeitete ich als Journalistin beim polnischen Fernsehen, wo ich Theater für Kinder und Kindersendungen produziert habe. 1978 bin ich nach Berlin gekommen, wo auch mein Sohn geboren wurde. Jetzt lebe ich hier als Hausfrau mit meinem Mann und meinem Sohn.

Ein Mann betrat den von der Morgendämmerung erfüllten Flur und blieb vor dem alten, mit einem goldenen Rahmen verzierten Spiegel stehen. Er suchte dort sein Abbild. Doch das Glas war wie das Flussbett eines reißenden Flusses und wie ein dichter Nebel darüber.

»Man sollte ihn endlich wegschmeißen und einen neuen kaufen«, sagte er.

»Ärgere dich nicht schon am frühen Morgen, ich mag diesen Spiegel. Jeder wird älter«, antwortete die sanfte Stimme einer Frau, und sie gab ihm eine Reisetasche mit einem roten, herzförmigen Anhänger. Einst hatte es der kleine Alexander, der Sohn, dort befestigt.

Ein Kuss – wie ein beigefarbener Nachtfalter – landete auf ihrer Wange, streichelte sie, flog dann durch die Tür. »Ich gehe jetzt, tschüss!«

»Bitte kitzle mich nicht«, sagte sie und drehte ihren Kopf beiseite.

»Davon kriege ich eine Gänsehaut.«

Der Nachtfalter kreiste und verschwand in ihrem vom Schlaf zerzausten Haar.

»Ich bin doch noch gar nicht richtig wach.«

Der Mann lachte. »Das sehe ich, mein Mädchen!«

Sie lachte auch. »Ich brauche jetzt ein ganzes Meer von Kaffee.«

»Dann geh schon zurück, und ich muss wirklich weg«, sagte der Mann.

Der Nachtfalter blieb auf ihrer nackten Schulter sitzen und flog plötzlich weg. Sie schloss die Tür und ging ihren Sohn wecken. »Papa ist weggefahren.«

»Ich weiß, er war eben hier!«

»Wir sind ganz alleine«, sie streichelte seine warme Wange.

»Es ist wieder ein wunderschöner Tag. Willst du Kakao oder lieber Müsli?«

»Heute ... Müsli.«

»Das Wetter spielt verrückt. Soll das etwa September sein? Die Sonne verwöhnt uns wirklich, aber es ist furchtbar trocken. Ich gieße täglich die Blumen, aber die Erde ist wie Mehl zwischen meinen Fingern.«

Die Frau betrat die Küche. Hier hatte sie den Sommerhimmel sogar in dem kleinen, runden Fenster. Der Himmel war mehr als hellblau, er war auch rosa und verlief sogar ins Rötliche ... wie damals.

Die blaue Schleife raschelte im Haar des fünfzehnjährigen Mädchens. Sie hörte ihren Atem und den eines anderen. Sie liefen auf einem von der Sonne erleuchteten Weg in den Wald.

Die Frau war wieder im Wohnzimmer und deckte den Tisch. Hier war alles noch grau und von nächtlichen Schatten erfüllt. Das ist der dunkelste Raum. Sie schnitt eine Banane in Scheiben und tat Erdbeeren, Himbeeren und eine Hand voll stark gereifter schwarzer Brombeeren aus dem Garten in die Schale. Die Brombeeren rochen intensiv und süßlich.

Sie schloss kurz die Augen und rannte wieder zwischen hohen Kiefern und neben den Schienen. Die Sonne schien ihr auf den Nacken. Die lange, blaue Schleife flatterte hinter ihrem Kopf wie die Federn eines merkwürdigen Vogels. Als sie zurückblickte, sah sie hinter sich das schmale Gesicht des Jungen mit den kurz geschorenen Haaren. Seine Augen waren ebenfalls dunkel, aber irgendetwas Helles war in ihnen zu erkennen. Während er lief und lachte, rief er: »Bleib endlich stehen! Bleib stehen!«

Der Junge gehörte zu einem Zirkus, der gerade seine Zelte auf einem alten Tennisplatz aufgeschlagen hatte. Sie sah ihn täglich, wenn sie von der Schule nach Hause ging. Er war unter den anderen und bürstete die Pferde. Er betrachtete sie durch den Maschendrahtzaun.

Ihre Freundinnen erzählten ihr, wie toll der Junge sei und was für makabre Tricks er vorführte. Doch sie hatte kein Geld für die Eintrittskarte. Eines Tages brachte sie ihm einen Apfel. Sie holte den Apfel aus ihrer Schultasche und gab ihn dem Jungen durch den Zaun. Er lächelte und brach den Apfel mit einer leichten Bewegung in zwei Teile. Sie aßen langsam und schauten sich dabei an. Danach verabredeten sie sich für einen Spaziergang zum Wald. Sie rannten. Er holte sie ein und fasste sie mit einer solchen Kraft an der Hand, dass sie schrie. »Was tust Du?«

Sie sah seine dunklen Augen, die von unruhigen Lichtern erfüllt waren, und seinen Mund vor sich. Der fremde Geruch und Atem störte und verängstigte sie etwas. Einer seiner Schneidezähne war schief und lief auf den anderen zu. Tiefer, auf seiner Kehle, sah sie eine feuerrote und schlecht verheilte Narbe. Sie streichelte diese Stelle mit ihren Fingerspitzen.

»Tut die Narbe dir weh?«

»Nein, sie tut nicht weh, aber ich weiß, dass sie hässlich ist. Das kommt vom Schwertschlucken.« Er lachte und sagte: »Und dich werde ich auch gleich verschlucken!«

Er zog sie auf das ausgetrocknete Gras, das hier und da von den durch die Eisenbahn verursachten Funken weggebrannt war. Er strich mit einem scharfen Grashalm über ihren Hals. Ein kalter Schauder überkam sie, und sie sagte: »Bitte hör auf, mich zu kitzeln. Davon bekomme ich immer eine Gänsehaut. Du hast mir aber einen Platz ausgesucht. Überall piekst und sticht es!«, stöhnte sie.

»Dafür gibt es hier jede Menge reifer Brombeeren«, entgegnete er.

»Mach deine Hände auf!«

Er pflückte die Beeren und tat sie in ihre zu einer Schale geformten Hände. Einige der Früchte waren so weich, dass sie, sobald sie berührt wurden, in das dichte Gebüsch fielen.

»Oh wie schade«, seufzte sie.

»Es ist nicht schlimm. So werden die Ameisen und andere Lebewesen noch etwas davon haben.«

Beide hatten vom Fruchtsaft befleckte Hände und Münder. Die Luft roch intensiv nach dem zerdrückten Fruchtfleisch, nach Sonne und ihm.

Ich kann mich nicht einmal mehr an seinen Namen erinnern. War es Arthur oder vielleicht Adam?

Er hatte ein verschwitztes Gesicht und ein feuchtes Hemd. Sie drehte ihren Kopf, wahrscheinlich eher aus Angst. Aus Angst vor dem, was früher oder später kommen musste. Beide zitterten und schmiegten sich aneinander. Aber warum?

»Adela – was ist das für ein Name?«

»Wenn es dir nicht gefällt, dann kannst du mich auch Ada nennen, so, wie es meine Schulfreundinnen tun.«

»Und wie bist du in so ein Nest gekommen?«

»Das ist kein Nest. Es ist von einem uralten Wald umgeben.«

Es raschelte, und plötzlich erklomm eine braune Eidechse einen nahe liegenden Stein. Die Eidechse erstarrte, und die beiden wagten es nicht, auch nur zu atmen.

»Ist sie noch da?«, fragte sie.

»Ich glaube, sie ist zu Stein geworden. Warte, sie ist in einen Spalt geflüchtet«, antwortete er. »Vielleicht hat sie sich auch in dieses vertrocknete und zusammengerollte Blatt verwandelt.«

»Ich werde es mit dem Stock berühren.«

»Lass es bitte, lass es! Du könntest die Eidechse verletzen – oder das Blatt – oder auch den Stein.«

Sie lehnte sich mit ihrem Rücken an seine Brust und legte den Kopf auf seine Schulter. Sie spürten warme Strahlen, die zwischen ihnen pulsierten und in ihren ineinander zusammengedrückten Händen explodierten.

»Die Brombeeren riechen so schön wie Rosen aus dem Garten«, sagte das Mädchen.

»Ich hatte nie einen Garten.«

»In unserem blühen nur Kartoffelpflanzen und im Herbst Dahlien. Den intensiven Geruch der Rosen kenne ich aber vom alten Friedhof. Die Rosen sind dort riesig. Einmal hat meine ältere Schwester einen Arm voll Rosen von dort mitgebracht. Was die sich wohl dabei gedacht hat?«

»Sie ist bestimmt mutiger als du«, sagte er und fing an zu lachen.
»Vielleicht ... aber aus Angst vor Geistern, die die Rosen zurückholen könnten, haben wir beide die ganze Nacht nicht geschlafen.«
Das Mädchen löste das Haarband, und die Haare fielen auf ihre Schulter, und die warmen Sonnenstrahlen verliehen dem Haar einen goldenen Glanz.
»Wir hatten in unserem Zirkus eine junge Löwin. Du weißt ja gar nicht, wie sehr du mich an sie erinnerst.«
»Ich, eine Löwin?« Sie drehte ungläubig ihren Kopf.
»Insbesondere deine Haare. Du rennst auch wie eine Löwin. Außerdem isst und zitterst du wie eine. Diese Löwin nahm zwar das Essen von mir, aber dabei spiegelten sich irgendwie Scheu und Zorn in ihren Augen wider.«
»Was ist mir ihr passiert?«
»Sie wurde einem anderen Zirkus gegeben.«
Der Junge nahm getrocknetes Gras, und begann daraus ein Armband zu flechten. »Wenn du das immer bei dir trägst, wird sich dein Wunsch erfüllen.«
»Wirklich? Oh mein Gott, ich habe meinen Schulrock mit Brombeersaft bekleckert. Ich muss jetzt nach Hause.«
Unerwartet presste sie ihre Lippen an die seinen und rannte den Weg zurück.
Am Abend schnitt die ältere Schwester am Tisch das Brot für die ganze Familie. Sie sprach wieder vom Zirkus und über den Zirkusjungen, der unglaubliche Tricks vorführte und dessen Mutter wohl die Frau mit dem Bart sein müsse. Alle lachten darüber. Die Schwester seufzte und schenkte Waldbeerenblättertee ein. Die jüngere Schwester wickelte das lange, blaue Haarband um ihren Finger. Sie aß und trank nichts.
»Was ist mit dir los? Spiel nicht beim Essen!«, rügte ihre Mutter sie. »Iss!«
Sie sah ihn nie wieder. Als sie sich mehrere Tage später vom Unterricht befreien konnte und zum Maschendrahtzaun rannte, war der Platz bereits wieder verlassen. Der Zirkus war weg. Nur ein alter Mann fegte den Müll und das Stroh auf einen Haufen. Die Sonne

brannte unbarmherzig. Sie rannte an den Gleisen entlang in Richtung Wald. Da war auch keiner. Und der Stein, an dem sie damals saßen, sah nur wie ein Stein und nicht wie eine erstarrte Eidechse aus.

Die Frau war mit dem Abwasch fertig.

»Das war meine erste Romanze und mein erster Kuss!«, dachte sie.

Kopf an Kopf, ihr Zahn an seinem Zahn – wie gegen eine Mauer, in der sich plötzlich eine Pforte öffnete. »Der Duft und Geschmack von Brombeeren an unseren Zungen!«

Das Telefon klingelte.

»Mein Mann ist auf Geschäftsreise. Bitte rufen Sie morgen noch mal an.«

Ein großer, rostbrauner Vogel, wahrscheinlich ein Eichelhäher, mit weißen, schwarzen und blauen Flecken auf den Flügeln, flog mit einem so lauten Kreischen am Fenster vorbei, dass es erzitterte. Sie lehnte sich aus dem Fenster, unter ihr floss ein Meer aus dem grüngelblichen Gras und den intensiven Farben von winzigen Rosen, die breit gefächert an der Mauer wuchsen. Es war ihr Garten. Sie lehnte ihren Kopf an das hölzerne Fensterbrett und schloss die Augen.

»Wie roch er denn bloß? – So, wie der Garten und der Teich, der voller Wasserlilien und gelber Butterblumen ist. Seine feuchten Wangen, Lippen, Zähne und sein Atem ... Algen oder doch seine Arme? Er hat es nicht geschafft, mir alles zu sagen. Ich kann mich nur noch an das Zittern unserer Körper erinnern – es war wie Schaukeln. So schaukeln auch die kleinen, braunen Vögel den ganzen Sommer auf den Kosmeablumen in meinem Garten. So flattern auch aufgeschreckte Schmetterlinge von dem lila blühenden Strauch auf, sie fliegen hoch und kehren gleich wieder auf dieselben Zweige zurück.«

Sie rannte barfuß durch den Garten und schloss kurze Zeit später wieder die Gartenpforte hinter sich. Sie wollte jetzt am liebsten von hier wegfahren und erst am anderen Ende der Welt, am Wald neben den Eisenbahnschienen, anhalten. Die Straße ›Am Fichtenberg‹, wo sie wohnte, war voller Bäume, Kastanienbäume. Sie überquerte die Kreuzung an der Apotheke und bog rechts ab.

Was für ein Tag! »Am liebsten würde ich weiter barfuß gehen. Ich habe es nicht eilig!«

Sie ging über die Straße zu den Tischen des Café ›Senst‹. Dort saß bereits jemand, der an seinem Kaffee nippte und eine Zeitung las. Der Mann am Tisch blickte kurz auf, als sie sich setzte – sie erstarrte. Die dunklen, kurzgeschnittenen Haare ... die dunklen, feuchten Augen ...

»Mein Gott, das ist doch unmöglich!«, dachte sie und suchte die Stelle, wo die Narbe hätte sein müssen ...

Der Mann lächelte freundschaftlich, weil auch sie wohl freundlich lächelte. Auf seinem Tisch standen zwei Tassen, und es lag dort auch eine Rose. Sie folgte seinem Blick. Gegenüber sah sie durch die Vitrine von ›Joop‹ ein junges und schlankes Mädchen. Die Verkäuferin zeigte ihr verschiedene Handtaschen. Der Mann las wieder in seiner Zeitung.

»Es ist nicht möglich, dass er es ist! Kann man sich nach so vielen Jahren in einem ganz anderen Teil der Welt wiedersehen?«

Das Mädchen verließ das Geschäft, überquerte die Straße und rannte in ihre Richtung. Sie hatte langes und helles Haar, ein weißes T-Shirt mit der Aufschrift ›CK‹, einen kurzen schwarzen Rock, schwarze Sandalen und blau lackierte Zehennägel. Das Mädchen lief und streckte die Arme hoch, als wenn sie fliegen wollte.

Das Mädchen schrie: »Ich habe sie endlich! Ich habe sie mir gekauft! Schau sie dir an!« Und sie lächelte den Mann an.

Auch er lachte, doch dieses Lachen war merkwürdig tief und rauh ...

»Das ... kommt bestimmt vom Schwertschlucken ...!«, dachte sie.

Und sie fühlte sich, als ob sie in diesem Augenblick in die dunkle und warme Oberfläche eines Teiches eintauchen würde ...

Sie stand auf, ließ das Geld für den Kaffee auf dem Teller liegen und ging ohne sich umzudrehen davon.

Als sie einige Tage später wieder an demselben Tisch mit Hanne saß und ihr die ganze Geschichte von Anfang bis Ende erzählte, fing diese an zu lachen.

»Das hast du dir doch alles bloß ausgedacht ...?«

Liebesspiel

von Frauke Schenk

Kurzvita: Tochter des Schriftstellers Gustav Schenk und der Malerin Gerda Overbeck. Ich begann mit 14 Jahren zu schreiben, habe nie aufgehört, aber nie etwas veröffentlicht. Ich schreibe hauptsächlich Kurzgeschichten und Gedichte.

Mit vierzehn Jahren hatte sie angefangen, sich das Spiel auszudenken. Es war ein Geheimnis, das sie mit einem zwölfjährigen Jungen teilte, den sie Ghost nannte.

Das Spielfeld erstreckte sich über die ganze Erde; die Spielfiguren waren sie selber: Franca und Ghost. Mit ihrem Blut hatten sie einander versprochen, es niemals einem Dritten zu verraten.

Es galt, dem anderen täglich ein Signal zu vermitteln: eine Geste, ein Wort, eine Symbolzeichnung, eine Farbe, eine Zahl, einen Buchstaben oder einen Tierruf, und zwar gleichzeitig und nur ein einziges Zeichen am Tag. Das Spiel war beendet, wenn beide gleichzeitig dasselbe Zeichen einander mitteilten. Dann waren sie beide Sieger und durften sich küssen.

Das Spiel, das sie ›Secret Signs‹ nannten, konnte morgen schon beendet sein, mochte aber auch ein ganzes Leben andauern.

Sie besuchten dasselbe Gymnasium, nur zu verschiedenen Zeiten. Im wöchentlichen Wechsel wurden die Mädchen morgens, die Jungen nachmittags unterrichtet und umgekehrt. Auf den Schulwegen in der Mittagszeit begegneten sie einander.

Wenn sie auf den gegenüberliegenden Gehwegen entlangschlenderten, warfen sich Franca und Ghost Handzeichen zu. Es mussten die ausgefallensten Gesten sein und durfte sich niemals wiederholen. Trafen sie auf ein und demselben Trottoir zusammen, steckten sie einander Zettel zu, auf denen ein Wort stand, eine Zahl, ein Buchstabe oder ein Symbol gezeichnet war.

Sie hatten Kärtchen mit wohl hundert verschiedenen Farben angefertigt, die sie sich, auf den Balkonen ihrer gegenüberliegenden Wohnungen stehend, über die Straße hin schweigend zeigten. Aber nur jeder eines und nur dann, wenn sie sich auf dem Schulweg verpasst hatten. Sie konnten sicher sein: Wenn er orange hoch hielt, zeigte sie lila, zeigte sie braun, stellte er grün zur Schau.

An den Wochenenden trafen sie sich an einer bestimmten Stelle im Wald. Aus der Ferne schon begrüßten sie sich mit einer Tierstimme. Niemals waren die Rufe synchron, nicht einmal flüsterten sie dasselbe Wort, nie überreichten sie einander dieselben Symbole, Buchstaben oder Zahlen.

Franca ging nach der Mittleren Reife von der Schule ab, um einen Büroberuf zu erlernen. Ghost machte das Abitur und zog danach in die Universität einer entfernten Stadt. Kaum waren sie getrennt, merkten sie, dass sie sich heftig ineinander verliebt hatten. Täglich schickten sie sich einen Brief. Und auf dem Briefbogen stand unter dem Datum allein ein Wort – ein Symbol – eine Zahl: Längst war die Auswahl der Farben und Buchstaben (einschließlich aller Schriftzeichen dieser Erde) erschöpft. Weiteres zu schreiben, erlaubten ihnen die Spielregeln nicht.

Wohl versuchten beide verzweifelt, mit Hilfe des einen Zeichens ihrer Liebe Ausdruck zu verleihen. Doch das Herz mit und ohne Pfeil, geborsten oder in Flammen stehend, die Träne, die Rose, durfte jeder nur einmal benutzen. – Ghost malte ein umgefallenes zerbrochenes, seinen Inhalt verströmendes Glas, Franca einen entwurzelten Baum. Er schrieb ›Verzehren‹, sie schrieb ›Sehnsüchtig‹.

Unermüdlich Tag für Tag liefen sie zu ihren vertrauten Briefkästen; doch niemals stimmten zwei Briefe gleichen Datums in ihrem Inhalt überein.

Nach dem Studium reiste er nach den USA, sandte auch von dort täglich ein Lebenszeichen. Und kehrte nach Jahren verheiratet und mit einem Kind zurück. Sie wies verbissen alle Heiratsanträge zurück. Erst als seine Ehe zerbrach, ging sie eine heimliche Verbindung mit ihrem verheirateten Chef ein.

Ghost zog wieder in eine andere Stadt und verband sich mit einer geschiedenen jüngeren Frau, die zwei kleine Kinder hatte. Doch ihr verschworenes Spiel, Secret Signs, setzten Ghost und Franca unverdrossen fort – teilweise telefonisch – ohne dass ein Dritter jemals davon erfuhr.

Ende der Achtziger Jahre musste Franca sich in ihrem Büro auf EDV umstellen und nun wurden der Computer und das Faxgerät in das Spiel mit einbezogen.

Ihre Mitteilungen wurden immer abstrakter, immer verschlüsselter. Durch die neuen Kommunikationsmittel wuchs die Zahl der Variationsmöglichkeiten ins Unermessliche; gleichzeitig schrumpfte die Wahrscheinlichkeit einer Synchronizität auf Null.

Eines Tages übermittelte ihm Franca über E-Mail einen Punkt, und er schickte ihr ein Kreuz. Sie faxte ihm in harschen Worten, er hätte die Spielregeln gebrochen; das Kreuz hätten sie schon 1953 gezeigt, und das wäre ja wohl das Fantasieloseste, was er sich in den 42 Jahren ihrer Spielzeit geleistet hätte.
Daraufhin brach er die Verbindung ab.
Sie teilte ihrem Chef mit, dass sie ab sofort das unwürdige Verhältnis mit ihm beende. Er lachte sie aus, er könne sich an kein Verhältnis mit ihr erinnern.

Die letzten vier Jahre arbeitete sie schweigend, lebte asketisch und zurückgezogen, ließ Gefühle und Gedanken nicht an die Oberfläche steigen.
Einige Tage nach ihrer Pensionierung schickte sie Ghost ein leeres weißes Blatt Papier, Nur das Datum stand auf dem Briefkopf: 21. Januar 1997.
Einen Tag später erhielt sie einen Brief von Ghost, ebenfalls ein leeres weißes Blatt, datiert am 21.01.1997.
Am Abend des 22. rief er sie aus dem Nachtzug München – Hamburg an, er wäre unterwegs zu ihr, um sie endlich zu küssen.

Adagio

von Elke Siems-Klappenbach

Kurzvita: geb. in Lüneburg. Seit dem Abitur und Volksschullehrerexamen bin ich als Lehrerin und Kantorin dort, danach war ich als Assistentin an einem Lehrstuhl für Musikerziehung tätig. Nach der Geburt meiner bei - den Kinder arbeitete ich als Kantorin und Lektorin der evangelischen Kirche. Mein erstes literarisches Werk, 1994 begonnen, ist fast fertigge - stellt: »Geboren als Deutsche ins Dritte Reich - meine Kindheit im Krieg«, dazu entstanden Reiseberichte, Erzählungen und Kurzgeschichten.

Klirrende Kälte. Im Nachkriegswinter 1946/47 peinigte sie die an vielerlei Entbehrungen leidenden Menschen besonders hart. Unter sternklarem Himmel wartete vor einer Turnhalle, die als Konzertsaal dienen sollte, eine Gruppe von Schülern darauf, eingelassen zu werden.

Mitten zwischen ihnen fror auch ich, gerade elf Jahre alt, erbärmlich. Ungeduldig traten wir von einem Fuß auf den anderen und schlugen unsere Hände, oft nur von dünnen Handschuhen bedeckt, gegeneinander oder gegen die Oberarme, um damit die Durchblutung anzuregen. Dabei schmerzten die Frostbeulen an meinen Fingern und Zehen, ich weiß es noch genau. Auch fühle ich heute noch meinen fast leeren Magen an dem Abend und ein unbehagliches Krampfgefühl darin, verbunden mit leichter Übelkeit. Wer weiß, was es in unserer vaterlosen Familie zum Abendbrot gegeben hatte: eine wässrige Gemüsebrühe oder Maisbrot mit einem rosa Brei darauf aus so genanntem Heißgetränk? Dieses künstlich aromatisierte, gefärbte Wasser war damals eine Erfindung in höchster Not mit einem bei mir Ekel erregenden Geschmack. Den anderen Schülern um mich herum konnte es kaum besser gehen als mir.

Nun schien sich auch noch eine Enttäuschung anzubahnen. Die Karten für das in wenigen Minuten beginnende Konzert eines mir bis dahin unbekannten Pianisten waren ausverkauft. Das wussten wir. Die Menschen sehnten sich damals besonders nach Schönem,

Heilgebliebenem, nach Trost und Abwechslung, und so hatten sich die Bürger unserer Stadt in großer Zahl um Konzertkarten bemüht, doch sehr viele vergeblich: Schon während des Vorverkaufs hatte sich die Halle als viel zu klein erwiesen.

Uns Schülern jedoch war der Einlass zugesagt worden; auf der breiten Treppe hatten wir sitzen sollen, die hinunterführte in den nun schon gefüllten Saal. Dagegen aber hatte, so war uns gerade mitgeteilt worden, der für die Sicherheit dieses Abends zuständige Feuerwehrmann protestiert: Die Treppe müsse als Fluchtweg für den Notfall frei bleiben.

Zu Hunger und Kälte gesellte sich nun noch die Enttäuschung, von einem uns viel versprechenden Erlebnis besonderer Art ausgesperrt zu bleiben in einer durch Kargheit gekennzeichneten Zeit, karg auch an Anlässen zu Freude und Frohsinn, und geradezu ärmlich an irgendetwas, das uns Kinder und Jugendliche, die überall um uns herum herrschende Not und Armut nur für eine Weile hätte vergessen lassen können. Nicht wenige von uns Schülern mochte die Lage an zu Ende gegangene Vorräte dürftig bemessener Lebensmittellieferungen erinnern, nach denen sie in einer langen Schlange über Stunden angestanden und dann nichts mehr abbekommen hatten. Wie alle Menschen damals waren wir geübt darin, Enttäuschungen ohnmächtig hinzunehmen und Hoffnungen zu begraben. Nichts anderes blieb uns nun übrig.

Im Begriff, den Heimweg anzutreten, redeten wir noch dies und das miteinander und brachten unsere Enttäuschung und Ohnmacht in kraftlosen Worten zum Ausdruck: ›Schade‹, ›Pech gehabt‹, vielleicht auch ›Mist‹. Derberes war in unserem Sprachgebrauch damals noch nicht üblich. Da trat unvermutet der Musikbeauftragte der Stadt aus dem Dunkeln auf uns zu. Nur wenig seines Körpers und Gesichts war durch den matten Schein einer fernen Lampe sichtbar. Finstere Schatten verstärkten unsere Wahrnehmung einer überaus mageren Gestalt und eines äußerst schmalen Gesichtes mit eingefallenen Wangen. Atemlos verkündete der Mann, was wir zunächst nicht glauben konnten: Der Künstler des Abends habe sich bereit erklärt, uns während seines Konzertes auf der Bühne um den Flügel herum sitzen zu lassen.

Ungläubig und wie angewurzelt verharrten wir im Auseinanderstreben. Die Mitteilung glich einer Sensation!

Etliche Augenblicke blieb es still. Uns mochte die Erkenntnis aufdämmern, dass aus uns Ausgeschlossenen, wieder einmal einer schmerzlichen Enttäuschung Verfallenden, urplötzlich und gänzlich unerwartet Privilegierte werden sollten.

Die Ersten unserer Gruppe folgten bereits dem Musikbeauftragten ins Gebäude, in das hinein wir uns sehnten, seit wir hier angekommen waren, schon um der beißenden Kälte zu entkommen. Rasch schlossen wir noch ungläubig Dastehenden uns an. Im Eingang legten wir der Kassiererin den recht hoch anmutenden Betrag von fünfzig Reichsmark in die aufgehaltene Hand. Man hätte sich aus zwei Gründen dafür kaum etwas Gescheites kaufen können: Erstens war die Summe nichts wert, und zweitens gab es so gut wie nichts zu kaufen.

Hinunter in den Saal ging es nun über die Treppe, auf der wir ohne das insgeheim verwünschte Verbot dieses Abends hätten sitzen dürfen. Schon beim Blick aus der Höhe über das gesamte Publikum hinweg nach vorn konnten wir erkennen, dass auf der Bühne um den geöffneten Flügel herum Stühle bereitgestellt wurden – für uns! Am Publikum vorbei gelangten wir geschwind über die seitlichen Bühnentreppen hinauf zum Ort des unmittelbar bevorstehenden musikalischen Geschehens. Erst auf eine einladende Geste des Musikbeauftragten hin wagten wir, uns auf einen freien Stuhl zu setzen. In kaum verhohlener Eile ergatterten die meisten von uns einen Platz. Nur wenige hatten noch immer nicht gelernt, Kräfte für sich selbst zu entwickeln und einzusetzen: Sie, die Behutsamen und Nachdenklichen unter uns, mussten vor einem kurzen Sprint zu einem Stuhl gezögert haben – wie verloren standen sie nun ohne Sitzgelegenheit da. Glücklicherweise konnten auch für sie noch Stühle beschafft werden. Ein erneutes Hin- und Herrücken begann. Schließlich aber saßen wir glücklich und erwartungsvoll da.

Nur wenige Augenblicke waren vergangen, ich hatte noch nicht einmal gewagt, ins Publikum hinunterzublicken, da wurde der unansehnliche Vorhang zum Raum hinter der Bühne von einer Hand zur Seite gerafft, und in der Öffnung erschien ein für mich damals älterer Herr von stattlicher Größe mit klaren, prägnanten Gesichtszügen, hellwachen Augen und schütteren weißen Haaren; er mochte die fünfzig überschritten haben. Geradewegs schritt er durch eine Lücke im doppelten Halbrund der Schüler hindurch auf den Klavierschemel vor dem Flügel zu, verbeugte sich und nahm dabei den begeisterten Empfang durch das Publikum mit einer nur angedeuteten Verbeugung und einem vornehm-verhaltenen Lächeln dankend zur Kenntnis. Ernster werdend, jedoch heiter bleibend, auffällig gelassen und entspannt, setzte er sich, rückte sich millimetergenau vor der Tastatur zurecht, richtete sein markantes Haupt auf und blickte über meinen Kopf hinweg in unendliche Weiten, legte wohl auch seine Hände auf die Tasten, und schaffte damit umgehend Ruhe im Saal.

Was begann er zu spielen? Ich wusste es nicht. Woher hätte ich es wissen sollen? Erst viel später lernte ich Konzert- und Theaterprogramme kennen. Vielleicht hatte niemand die Programmfolge in Händen, weil es kein Papier, keinen Drucker und keine Farbe gab. Möglicherweise hatte ich einen handschriftlichen Anschlag übersehen. Von älteren Schülern war lediglich zu erfahren gewesen, dass dieser Künstler vorrangig Beethoven und Schubert zu spielen pflegte. Von Angesicht zu Angesicht erkannte ich, wie mühelos mir äußerst schwierig erscheinende Passagen aus seinen Händen in die Tasten flossen und wie eine Kette von Klangwundern an meine Ohren drang, die solche Musik noch nicht hatten hören können, damals, als es bei uns zu Hause lediglich Blockflöten, ein Klavier und einen störungsanfälligen, durch fehlenden Strom häufig stummen Volksempfänger als Klangquellen gab. Allerdings sangen wir manchmal zu Hause, wenig zwar in der dunklen Zeit, aber möglicherweise mehr noch, als heute in Familien gesungen wird.

Völlig entspannt und mit der Musik auf das Engste verbunden, zeigte sich das Gesicht des unentwegt schönste Klänge zaubernden Klavierspielers. Ich kannte meine Anstrengungen beim Klavierüben, und so wuchs mein Staunen mehr und mehr.

Ein schnelles Stück war gerade vorüber, da geschah etwas völlig Unerwartetes: Der Pianist spielte nicht weiter. Auf die Tasten blickend, schien er auf etwas mir Unergründliches zu warten. Als meine Ungeduld bis zum Äußersten gespannt war, wendete er seinen Kopf zum Publikum und brachte ruhig und bestimmt hervor: »Ich bitte den Dauerhuster, sich jetzt auszuhusten, damit wir das Adagio in Ruhe hören können.«

Absolute Ruhe herrschte im Saal. War es vorher anders gewesen? Mir war kein Geräusch aus dem Publikum aufgefallen, auch kein Husten. Doch dann begann zuerst ein Huster und, als sei der nur ein Vorreiter, folgten andere in großer Zahl. In einem riesigen Crescendo gesellten sich immer mehr Hustenstimmen dazu, so dass man glauben konnte, die herrliche Klaviermusik sei nun von einem Wettstreit im Husten abgelöst worden.

Große Sorge, was daraus werden könnte, befiel mich. Da blickte der Pianist wieder über meinen Kopf hinweg in unergründliche Fernen, und flugs war der hässliche Geräuschspuk beendet. Ich war erleichtert. Dass ein Adagio ein sehr langsames Musikstück ist, wusste ich schon; mit diesem Wissen fühlte ich mich beim Hören deutlich sicherer als vorher. Woran soll man sich halten bei unentwegt fortfließenden Klängen, während schon neue ertönen? Mir tat sich jedoch noch etwas auf, das mir beim Hören half: das Mienenspiel des Pianisten.

Mit dem Blick auf seine heiteren, nur in Nuancen sich verändernden Züge, mal zum Nachdenklichen oder leicht Schmerzlichen hin, ein anderes Mal zu gerade angedeuteter Erregtheit, behutsamer Aufmerksamkeit oder abgeklärter Ruhe, trug mich auch das, was ich sah, durch eine Musik, wie sie mir bis dahin noch nie begegnet war: Sie berührte mein Innerstes, wie es noch nicht berührt worden war. Hellwach in Geist und Empfinden erlebte ich wunderbare Klänge in einer Atmosphäre, in der die Einheit von der Musik und ihrem Interpreten mich mit einbezog und meine volle Aufmerksamkeit fesselte. Von dem Mangel, den Komponisten nicht zu kennen, ahnte ich noch nichts. Mich erfüllte das gerade Erklingende; nichts konnte neben ihm Platz finden.

Völlig gebannt erkannte ich Passagen im Wechsel von zerbrechlicher Zartheit und majestätischer Größe, von gewitzter Verspieltheit und gelassenem Strömen, nicht zuletzt auch von wunderbarer Wärme. Wie aus einem der schönsten Träume erwachte ich nach dem letzten Ton des Adagios, versuchte festzuhalten, was ich gerade erlebt hatte, es gelang mir nicht; strengte mich an, neu einzutauchen in die schnelle Musik, auch das wollte nicht glücken. Mir schien, meine Kraft zum Hören sei verbraucht. Tränen traten in meine Augen. Da blickte ich zum ersten Mal verstohlen ins Publikum, in die so vielen im Halbdunkel aufragenden Köpfe. Dieser Blick half umgehend, mich in die Gegenwart zu holen und zu beruhigen.

Die Gepflogenheiten eines Konzertes waren mir noch neu. So verbeugte sich der Pianist völlig überraschend für mich und verschwand, ohne zurückzukehren. Erst recht erstaunt war ich, als sich das Publikum und auch etliche von uns Schülern oben auf der Bühne erhoben und zu den Ausgängen strebten. War das Konzert schon zu Ende? Schnell fand sich unsere Schülergruppe oberhalb der Saaltreppe wieder zusammen. Begeisterung ließ uns zuerst durcheinander reden, bis wir Jüngeren mehr und mehr den Älteren zuzuhören begannen. Von dem, was ich erfuhr, war für mich das Wichtigste: Bis jetzt hatten wir Beethoven-Sonaten gehört, und nach der Pause sollten Werke von Schubert folgen.

Der zweite Teil des Abends enttäuschte mich. Trotz großer Bemühungen gelang es mir nicht, wieder so intensiv und beglückend zu hören und in die Musik einzutauchen wie bei diesem besonderen Adagio von Beethoven, von dem ich bis heute nicht weiß, aus welcher Beethoven-Sonate es stammt, so viel ich mich auch mühte, dies herauszufinden. Denn erst mehr als vier Jahrzehnte später, bei der Nachricht vom Tod des Pianisten im Jahr 1991, durch die Erinnerung an diesen Klavierabend in der bittersten Nachkriegszeit angeregt, begann ich meine Nachforschungen. Zu spät! Meine Hoffnungen aber, doch noch einmal aufzuhorchen und die Gewissheit zu erleben: Da ist das gesuchte Beethoven-Adagio!, sind noch nicht begraben.

Der Heimweg durch die Dunkelheit mit einigen Schülern, die in der

Nähe meines Zuhauses wohnten, ist mir noch in guter Erinnerung: Ich erfuhr zu meinem großen Erstaunen, dass genau hinter mir zwei oder drei Damen etwa im gleichen Alter wie der Pianist gesessen hatten, äußerst gut gekleidet, mit Goldschmuck geradezu ›behängt‹ und geschminkt. Wer war damals schon gut gekleidet, geschminkt und trug auffälligen Schmuck?! Die Damen hätten den Künstler ›angehimmelt‹, ihm zugeklatscht, und er hätte ihnen extra zugelächelt, so erfuhr ich.

All das war mir entgangen. Wie aber waren sie zu den begünstigten Sitzplätzen um den Flügel herum gekommen? Waren sie Angehörige des Pianisten? Fragen, auf die ich keine Antwort erhielt. Jedoch holte mich die Gegenwart schnell ein mit Zeichen der bittersten Kargheit.

Zu Hause, im kalten Wohnzimmer, herrschte fast Dunkelheit. Beim Schein von Teelichten, wir nannten sie Hindenburglichte, saßen meine Mutter und die Geschwister um den Tisch herum und warteten auf mich.

Der Künstler des Abends war Wilhelm Kempff, einer der wichtigsten deutschen Pianisten des zwanzigsten Jahrhunderts.

Willy trifft Willi

von Lothar Tautz

Kurzvita: geb. in Erfurt. Nach Schlosserausbildung und Abitur arbeitete ich als Theaterrequisiteur. 1973 bis 1980 studierte ich Theologie und Päda - gogik in Naumburg und Berlin, anschließend war ich Geschäftsführer des Evangelischen Kirchentags sowie Pfarrer in Magdeburg und Weißen - fels/Saale. Ich war Bürgerrechtler, 1989/90 Moderator am Runden Tisch in Weißenfels und bis zum 3. Oktober Regierungsangestellter. Seither bin ich im öffentlichen Dienst - zurzeit als Leiter des Ministerpräsidentenbüros von Sachsen-Anhalt - tätig. Zahlreiche zeitgeschichtliche Publikationen.

In den Tagen vor dem 19. März 1970 wurde die Gegend um den Hauptbahnhof mit dem Rasierpinsel gekehrt. Das den Bahnhofsvor-platz dominierende Hotel ›Erfurter Hof‹ war von der Feuerwehr frisch abgespritzt worden, so erzählten jedenfalls die Leute. Tatsächlich sah es wieder ganz ansehnlich aus. Die Straßenschilder wurden geputzt, schon lange auf den endgültigen Sieg des Sozialismus wartender Unrat entfernt, und man hatte den Eindruck, dass sogar die armen, verstaubten Gewächse im Fenster des Kakteencafés den Versuch machten, kleine Blüten zu entfalten.

Der Bahnhof selbst war an jenem Tag gesperrt, denn es kam zwei-mal hoher Besuch, zweimal Willi, allerdings einmal mit Ypsilon. Willy in Erfurt, das war schon eine Sensation für einen Prager-Frühling-Geschädigten wie mich. Tagelang dachte ich darüber nach, was ich tun würde. Hörte am Angereck herum, ob die Freunde sich ähn-liche Gedanken machten.

Das Angereck mitten in der Stadt war der Treffpunkt für die ›Aus-der-Bahn-Geratenen‹. Die Erfurter Variante der Mokka-Milch-Eisbar in Berlin. Hier traf sich alles, was lange Haare hatte, Junge und Mäd-chen, Mann und Frau. Hier lernte man sich kennen, verlieben und sich trennen. Am ›Angereck‹ konnte der ›Velvet Underground‹ Thü-ringens besichtigt werden, gleichmäßig gekleidet in mehr oder weni-ger abgerissene grüne Kutten, blaue Hosen und einen Hebammenkoffer in der Hand. Hier suchten die Eltern ihre ›missratenen‹ Söhne und Töchter und die Polizei die üblichen Verdächtigen. Manche vermissten wir bald, die wieder reumütig an Heim und Herd zurückgekehrt oder im Arbeitslager oder Gefängnis gelandet waren. Mittelscheitel und Blumen im Haar erfüllten nämlich in Erfurt schon den Tatbestand asozialer Lebensweise. Dafür gab es 18 Monate Bewährung in der Produktion, allerdings unter Aufsicht – wenn das Kindchen nicht ganz schnell die Beine wieder unter den elterlichen Tisch stellte und Besserung gelobte.

Ich schien aber wieder einmal der Einzige zu sein, der nicht nur im Blues-Rhythmus lebte, sondern sich ebenso politisch bewegen wollte. Keiner der Fans hatte Laune mitzumachen. Nahm mir also vor, allein zu handeln und mich zum Bahnhofsvorplatz durchzuschlagen, um dort ganz laut als einsamer Rufer in der Wüste Willy meine Sympathie kundzutun. Schließlich war er derjenige, der dazu aufgefordert hatte, mehr Demokratie zu wagen, und insofern betrachtete ich ihn als meinen persönlichen Verbündeten.

Ich hatte lange überlegt, wie ich denn zuerst einmal rein geographisch an mein Ziel gelangen könnte, denn dass es in der gesamten Innenstadt nur so von Spitzeln wimmeln würde, war klar. Mich unauffällig durchmogeln hielt ich für unmöglich, denn mein Äußeres entsprach dem Bild einer sozialistischen Arbeiterpersönlichkeit ganz und gar nicht: Mit Jeans bekleidet (gab's seit neuestem zu kaufen), die in weichen, braunen Lederstiefeln steckten (aus dem Stadttheater abgestaubt) und einem Holzfällerhemd dekoriert (aus der ›Falle‹ abgeguckt), glich ich eher einem Westernhelden. Die Klamotten kamen schon nicht schlecht, das Beste aber waren die schulterlangen, dicken, rotblonden Haare, die der Maskenbildner unseres Stadttheaters immer kaufen wollte, um seine Perückenauswahl zu vergrößern, und der dichte, rote Vollbart, hinter dem man sich so gut verstecken konnte. Kurzum: Mit mir erschien das Gegenbild von Willis Lieblingsjugendlichen!

Ich beschloss dennoch, anstatt durch Gassen und Nebenstraßen zu schleichen, ganz einfach das zu tun, was ich immer tat: Ich ging die Jahn-Straße hinunter in Richtung Anger. Daran waren die Bullen gewöhnt und würden höchstens die leidige Ausweiskontrolle vornehmen und mich fragen, wo ich denn hin wolle. Wohin sonst, als wie immer zum Angereck! Komischerweise fragte mich heute keiner. Im Gegenteil, die Straßen waren eigentümlich leer, wie am 1. Mai eine Stunde nach dem Ende der Demonstration. Von den Fans war auch keiner zu sehen, es war noch zu früh am Tag. Also lief ich einfach weiter, in die Bahnhofstraße hinein. Da standen sie, die unauffällig grau bejackten Jungs. Ich begriff nicht, wieso niemand aus einem Hauseingang gesprungen kam, um mich festzuhalten und mein Personaldokument abzufordern. Das kannte ich schon. Oder warum sich nicht zwei direkt vor mich stellten, um mir zu verkünden, hier ginge es nicht weiter. Alles schon erlebt. Nein, ihre Aufmerksamkeit richtete sich voll und ganz dahin, wo mein Ziel lag: auf den Bahnhofsplatz. Na gut, ich ging weiter mitten auf der Straße (kein Straßenbahnverkehr) und kam mir vor wie Gary Cooper in ›Zwölf Uhr mittags‹. He, das ist ein Gefühl, das glaubst du nicht! Als könntest du die sprichwörtlichen Berge versetzen. Deiner Mutter wirst du's jetzt beweisen, dass du der wahre Held bist! Du ziehst den Schleier über der einheitsparteilichen Lügenwelt und dem Eisernen Vorhang auf einmal hoch! In deiner Brust schwillt die Kraft der Zuversicht, du bist voll konzentriert und in deinem Bauch fühlst du schon die Eruption der nahenden Veränderung der Welt, die du höchstpersönlich herbeiführen wirst.

Plötzlich spürte ich, dass dieses Gefühl im Bauch nicht aus meiner heldenhaften Absicht erwuchs, sondern von außen kam. Die Luft schwang, die Straße bebte und ich hörte meinen Ruf mir entgegenkommen: »Willy – Brandt – ans – Fenster!« Was war das, begannen jetzt meine Träume schon selbstständig, ohne die Tat des Urhebers abzuwarten, zu agieren? Doch da sah ich schon, was mein Heldentum ermöglichte, ohne dass die Sicherheit einschritt: Es waren Hunderte von Helden gekommen, die meinen Ruf vor mir angestimmt hatten. Ich brauchte bloß einzustimmen, die Staatsmacht zeigte sich machtlos: Willy kam ans Fenster.

Da hatten sich doch völlig unorganisiert und vor allem freiwillig Hunderte von Leuten versammelt, die dem falschen Willy, dem mit dem Ypsilon, zujubelten. Das konnte die Partei so nicht stehen lassen. Die SED-Bezirksleitung rief, noch während wir Freiwilligen langsam vom Platz gedrängt wurden, bewährte Parteimitglieder und Kampfgruppen in Zivil zusammen. Die versammelten sich nur kurze Zeit später ebenfalls auf dem Platz, um nun ihrerseits nach Willi, dem mit dem ›i‹, zu rufen, also nun nach dem vom Klassenstandpunkt her gesehen Richtigen. ›Willi Stoph ans Fenster!«, schallte der Ruf der Jubelsklaven nach oben. Willi kam, winkte in die spontan begeisterte Menge, und die kleine Welt der Einheitspartei war wieder in Ordnung.

Verspäteter Abschied

von Sylvia Thielsch-Jung

Kurzvita: geb. in Bad Driburg. Seit 1979 lebe ich in Mülheim a. d. Ruhr, wo ich bis zur Geburt meines ersten Sohnes meinem kaufmännischen Beruf nachging. Durch meine beiden Kinder entdeckte ich meine Fähigkeit, Geschichten erfinden, erzählen und damit etwas bewirken zu können. So begann ich, Kindergeschichten zu schreiben. Um das Schreiben richtig zu lernen, absolvierte ich von 1996-2000 ein Fernstudium an der Axel Andersson Akademie und schloss mit Erfolg ab. Heute schreibe ich neben einem Kinderbuch kleine Geschichten wie »Verspäteter Abschied«.

Fast geräuschlos glitt der letzte Nachtzug aus der Halle. Der Bahnsteig war leer, bis auf einen einzelnen Mann. Er zündete sich eine Zigarette an und starrte dem Zug nach, dessen rote Schlusslichter rasch kleiner wurden.

Der ordentlich gekleidete ältere Herr zog noch einmal kräftig an seiner Zigarette, bevor er sie auf den abgetretenen, grauen Boden vor sich warf. Er setzte seinen rechten Fuß nach und drückte mit dem Fußballen den glühenden Stummel so kraftvoll aus, als wolle er ihn unter der Betondecke begraben. Seine glasigen Augen unter den buschigen, ergrauten Augenbrauen waren starr auf den dunklen Schlund gerichtet, der die Schlusslichter des Zuges verschlungen hatte. Eine einzelne Träne rann über die faltige Wange. Nein, er weinte nicht. Es war nur der eisige Ostwind, der ihm in dieser kalten Dezembernacht ins Gesicht schlug.

Beide Bahnsteige waren noch hell erleuchtet, doch er spürte nur die tiefe Dunkelheit seines Herzens, eine kalte Leere, die sich in jeder Faser seines 65-jährigen Körpers festbiss. Unendliche Traurigkeit überfiel ihn und riß ihn hinab ins tiefe, grausame Tal der Einsamkeit. Hier war er schon einmal gewesen, damals, als seine Frau Elsbeth vor acht Jahren gestorben war. Er knöpfte seinen dunkelblauen Wollmantel zu, schlug den Kragen hoch und ließ sich schwerfällig auf die abgenutzte Holzbank niederfallen. Vor einer Stunde hatte er auch schon hier gesessen; mit Mohammed, seinem besten – in letzter Zeit gar einzigen Freund. Wortlos hatten sie in der Stunde des Abschieds gemeinsam auf den Zug gewartet. Stumm, als ob es nichts zu sagen gegeben hätte! Der zusammengekauerte Mann ließ den Kopf nach vorne fallen und stützte ihn mit beiden Händen ab. Leise, kaum hörbar und doch mit einem so tiefen Gefühl, das sich schmerzverzerrt in seinem Gesicht spiegelte, begannen seine Lippen aus Worten Sätze zu formen.

»Danke, Mohammed, danke für die schöne Zeit! Danke, dass ich dein Freund sein durfte.« Mit einem leichten Stöhnen lehnte er sich zurück. »Ja, ich weiß, du hast immer gesagt, wenn du in Rente gehst, kehrst du in deine Heimat zurück. Dafür hast du ja schließlich jeden Pfennig nach Siruc geschickt, um dir ein eigenes Haus zu bauen.« Der alte Mann setzte sich aufrecht und holte umständlich aus der Manteltasche ein zerknautschtes Stofftaschentuch, in das er schnäuzte. Seine blaugefrorenen Hände steckte er in die großen Manteltaschen, lehnte sich zurück und setzte sein Gespräch mit dem unsichtbaren Zuhörer mit zittriger, tränenerstickter Stimme fort.

»Weißt du noch, Mohammed, wie wir uns kennen gelernt haben? Schon fast dreißig Jahre ist das her. Keine typische Männerfreundschaft, so eine Thekenbekanntschaft, nein, es war etwas anderes. Die gegenseitige Achtung vor dem anderen und mein Gerechtigkeitssinn, immer dem Schwächeren beizustehen. Für den, der auf der anderen Seite steht, und da standest du ja, als du damals bei uns im Werk angefangen hast. Ich sah in dir immer den Menschen, der an das Gute in jedem glaubt. Ich habe es dir erzählt, ich stand oft ebenso allein da wie du, Mohammed, als Kind damals bei mir zu Hause. Ich war nicht der harte Typ, der Sohn, den mein Vater sich gewünscht hatte. Dieses Gefühl, anders zu sein und nicht zur Gemeinschaft zu gehören, das hat uns vom ersten Moment an verbunden. Es war immer deine hilfsbereite Hand da, wenn ich sie brauchte. Ohne viele Worte – die ich ja sowieso nicht verstanden hätte!«

Die Kälte ließ seine rote Nase tropfen; geistesabwesend wischte er sie mit dem Handrücken ab und tauchte wieder ein in die Erinnerungen an eine vergangene Welt.

»Auch Elsbeth und deine Nevin, die haben sich auf Anhieb verstanden. Sie sind ja schon gegangen. Weißt du noch, wie es war, als deine Kinder gekommen sind? Was hat sich Elsbeth gefreut! Wir konnten ja leider keine Kinder haben. – Aber deine sind jetzt auch schon erwachsen und gehen ihre eigenen Wege, Kinder gehen immer ihre eigenen Wege, egal, welcher Nationalität. Und das ist ja auch richtig.«

Langsam, fast behäbig, stand er auf und ging zehn Schritte bis zur Bahnsteigkante. »Ja, Mohammed, du bist zurück in deine Heimat gefahren. Heimat, was ist das eigentlich? Dein neues Haus, irgendwo auf einem Hügel in Anatolien? Deine Familie? Die Jungen sind doch sowieso nicht mehr dort und die Alten gibt's bald auch nicht mehr. Du bist jetzt auch schon ein alter Mann, Mohammed. Niemand braucht dich dort, niemand. Aber hier wirst du mir fehlen!«

Sein matter Körper hatte sich aufgebäumt, als er die letzten Worte anklagend in das dunkle Nichts hineinrief.

Die Erschöpfung ließ seine verbitterten Gesichtszüge langsam entspannter wirken. Ruhe, vielleicht geboren aus einer neu gewonnenen Erkenntnis, schien ihm seinen inneren Frieden zu geben, als er tief durchatmete. »Ich weiß, warum ich dir das nicht gesagt habe, Mohammed. Du hättest geantwortet, dass Heimat dort ist, wo dein Herz dich hinzieht. Nein, Mohammed, das ist falsch. Heimat ist da, wo Menschen sind, die dich lieben und brauchen. Dein Herz zieht dich in eine Wunschwelt, die du nicht mehr vorfinden wirst. Du wirst ein Fremder sein unter Fremden.«

Würdevoll trat der Mann vom Bahnsteig zurück, drehte sich aber nach zwei Schritten noch einmal um. Ein Lächeln umspielte jetzt seinen faltigen Mund: »Ich wünsche dir alles Gute, Mohammed. Vielleicht komme ich dich einmal besuchen, in deiner Heimat.« Und leise fügte er hinzu: »Denn eines Tages werden wir eine gemeinsame Heimat haben, du und Elsbeth und all die Menschen, die mir heute so fehlen.«

Der Schmuck

von Ilse Katharina Untucht

Kurzvita: geb. in Wiesbaden. In der Westschweiz und in Mainz habe ich mein Staatsexamen in den Fächern Deutsch und Französisch abgelegt. Ich bin mit einem Arzt verheiratet und habe vier Kinder. Seit 1975 bin ich allein - erziehend und unterrichtete bis 1994 an einem Gymnasium. Seither bin ich im Ruhestand, Freude am Schreiben war immer vorhanden. Geschichten habe ich in jedem Lebensabschnitt geschrieben.

Johannes Lukowski stieg in den letzten Wagen des Abendzuges nach München ein. In der rechten Hand trug er einen unauffälligen, kleinen Metallkoffer, in der linken hielt er einen breitkrempigen, grauen Hut, der keiner Mode zuzuordnen war, aber zu seiner unaufdringlichen Eleganz passte. Er mochte ein Mittsiebziger sein, gehörte jedoch zu jenen seltenen Menschen, die zeitlebens eine gewisse Jugendlichkeit auch im Alter bewahren aufgrund ihres ungebeugten Ganges und ihrer wachen und lebhaften Augen. Zögernd schritt er die Abteile ab und schaute prüfend durch die verglasten Schiebetüren. Er suchte keine Menschen, sondern verlangte nach Ruhe und der Möglichkeit, während einer Stunde Bahnfahrt seine Gedanken zu sammeln.

Schließlich betrat er ein Abteil, in dem am Fenster eine junge Frau saß, vertieft in ein großformatiges Buch, die kaum merklich nickte, als er bat, ihr schräg gegenüber Platz nehmen zu dürfen. Im Gepäcknetz über ihr lag ein schwarzer Geigenkasten, und Johannes bemerkte, dass sie in einer Partitur las. Dann überließ er sich seinen Gedanken. Er hatte zwei anstrengende Tage hinter sich, denn hin und wieder wurde er immer noch zu einem Symposion führender Physiker eingeladen, wo man seine Meinung erbat und ihn mit den neuesten Forschungsergebnissen bekannt machte. Jahrzehntelang hatte er als angesehener Wissenschaftler in der Öffentlichkeit gestanden, und noch Jahre nach seiner Emeritierung wurden ihm Vorträge im In- und Ausland angetragen. Eine gewisse Müdigkeit hatte sich jedoch in letzter Zeit eingestellt, und Johannes hatte beschlossen, ab dem Jahr 2000 in keiner Weise mehr zur Verfügung zu stehen. In zwei Jahren würde er genau mit der Jahrhundert-, ja Jahrtausendwende am ersten Januar seinen 80. Geburtstag begehen.

Der Zug rollte schon eine geraume Weile, als die junge Frau zum ersten Mal aufblickte. Sie schloss die Partitur, legte sie auf den leeren Sitz neben sich, verschränkte auf dem Schoß ihre Hände leicht ineinander und schaute aus dem Fenster in die beginnende Dämmerung. Sie tat dies mit der gleichen ungeteilten Aufmerksamkeit, die sie zuvor dem musikalischen Werk hatte zukommen lassen. Ihre Gesichtszüge verrieten keinerlei Anspannung, nur Hingabe an das gerade Erforderliche.

Ihr schmales, von schulterlangem, dunkelbraunem Haar umrahmtes Gesicht war weder schön noch alltäglich, strahlte jedoch etwas aus, was zu ergründen reizt. Ihre hohe Stirn, in die einige Haarsträhnen fielen, die graugrünen Augen und der weiche Mund standen allerdings in auffallendem Gegensatz zu der etwas zu großen und leicht gebogenen Nase. Ihre schmalen, sensitiven Hände verrieten Musikalität. Ein aufmerksamer Beobachter würde bemerkt haben, dass zwischen diesen beiden zufällig sich gegenüber sitzenden Menschen eine wesensverwandte Verbindung bestand.

Die Frau wandte ihre Augen von der Landschaft ab, als ein entgegenkommender Zug das gleichförmige Geräusch der rollenden Räder für wenige Sekunden durchbrach. Die Blicke der beiden Menschen begegneten sich ohne Scheu und ohne Berechnung, wie man aufeinander wirken könnte. In diesem Augenblick des gegenseitigen Ansehens brach in Johannes Lukowski eine Erinnerung auf, die er vergraben hatte. Mehr als fünfzig Jahre waren wie ausgelöscht.

1942: Er sah sich am Vorabend seiner Einberufung, knapp 22-jährig, Student der Mathematik und Physik im 7. Semester. Aufbruch nach Stalingrad – Abschied von der Verlobten – Aufbegehren und Wut die Gefühle! Er sah Marie-Luise Debré vor sich, Stipendiatin an der Hochschule für Musik, eine begabte, schon damals nicht mehr unbekannte Pianistin im heimatlichen Breslau. Sie saß am Flügel und spielte ein letztes Mal für ihn Beethovens Klaviersonate in c-moll, Opus 111, die er so liebte, und spielte sie mit aller Hingabe, derer sie fähig war. Er sah ihre feingliedrigen, kühlen Hände über die Tasten gleiten, ihr herbes Profil mit der hohen Stirn und der etwas zu stark gebogenen Nase. Als sie aufgestanden war, hatte sie ihm zugelächelt, ihm die Hände entgegengestreckt, doch ihre klaren, grauen Augen mit dem grünlichen Schimmer waren ernst geblieben.

Jahre später war er zurückgekehrt aus russischer Gefangenschaft, aber alle seine Nachforschungen nach Marie-Luise waren ergebnislos geblieben. Sie hatte Breslau im großen Flüchtlingsstrom verlassen, doch war sie nirgends angekommen.

Das leise Erstaunen, das sich in den Augen seiner Reisegefährtin abzeichnete, ließ Lukowski erkennen, dass ihn die Erinnerung bis zur Veränderung seines Gesichtsausdrucks überwältigt hatte.

»Warum«, dachte er gequält, »denke ich daran, an diesem Ort, zu dieser Zeit?«, als sein Blick wie gebannt an einem nicht aufwändigen, aber sehr fein gearbeiteten Schmuckstück am Hals seines Gegenübers hängen blieb. An einer dünnen Silberkette war ein konisch zulaufender Stab aus Weißgold befestigt, an dessen unterem Ende ein runder Onyx von der Größe eines Kragenknopfes ruhte. Der schwarze Stein war in einer sechskantigen Weißgoldfassung eingeschlossen, in seiner Mitte glitzerte ein kleiner Brillant. Zweifellos war es ein alter Schmuck, wie er um die Jahrhundertwende getragen worden war.

Um den Eindruck des Anstarrens zu verwischen, richtete Johannes unvermittelt das Wort an die junge Frau: »Sie fahren nach München?«, fragte er und war im gleichen Augenblick beschämt über die belanglose, jedoch neugierige Frage. Seine Partnerin nickte zustimmend.

»Ich hoffe, der Zug ist pünktlich«, sagte sie zögernd, »mein Konzert beginnt um 20 Uhr ... Ich spiele in einem Kammerorchester mit«, ergänzte sie rasch, als sie den fragenden Blick des Mannes sah, und leise fügte sie hinzu: »Meine Geige begleitet mich überallhin.«

Ihr überraschendes Vertrauen nahm Johannes jeden Zweifel über die Rechtmäßigkeit weiterer Fragen. Ein unwiderstehliches Verlangen überfiel ihn, dieser jungen Frau ein Geheimnis zu entreißen, und sogleich ging er in der exakten Weise des Naturwissenschaftlers an seine Aufgabe. Er fragte nach Beruf, Zielen, Freunden, Familie. Eines ergab sich aus dem anderen, und die Befragte antwortete, als habe sie seit langem darauf gewartet, gefragt zu werden. Sie lehrte am Konservatorium einer größeren rheinischen Stadt, wirkte in zahlreichen Konzerten mit, die sie auch ins Ausland führten. Freunde? – Gewiss, aber keine feste Bindung, die ihre Unabhängigkeit einschränken könnte. Familie? – Ja doch, die Eltern seien allerdings schon lange geschieden, die Mutter vor drei Jahren gestorben, aber einen Bruder habe sie, ihn liebe sie sehr, er sei jetzt ihre Familie. »Ich stelle mir vor«, sagte sie nach einer Weile, »dass eine große Familie mit vielen Geschwistern, Großeltern, Verwandten wunderbar sein muss, wir sind eigentlich seit Generationen nur noch Rumpffamilie«, sie lächelte ein wenig bei dieser Wortschöpfung und, als Johannes sie fragend anschaute, fuhr sie fort: »Schon Mama war herausgefallen aus einer normalen eigenen Familie, ihre Mutter starb auf der Flucht nach dem Zweiten Weltkrieg, mein Großvater ist nie aus dem Krieg zurückgekehrt.« Von wo denn ihre Mutter und Großmutter geflüchtet seien? »Aus Breslau«. Die junge Frau sagte es teilnahmslos, ohne Beziehung zu einer Stadt, die es unter diesem Namen nicht mehr gab und die ihr nichts sagte. »Ist Ihnen nicht wohl?«, fragte sie besorgt, als Lukowski die Augen mit der rechten Hand beschattete. Erregung hatte ihn ergriffen, er fühlte seinen Körper zittern, seine Hände wurden eiskalt, das Blut stieg ihm zu Kopf, und er fürchtete, in seinem Gesicht könne sich mitteilen, was ihn bewegte. Nichts war schlimmer für diesen Mann, als die Reihenfolge seines Denkens nicht selbst bestimmen zu können. Geübt in der Unterscheidung von Ursache und Wirkung, sah er sich jetzt hilflos seinen Gedanken ausgeliefert, die durcheinander schwirrten und ihm entglitten.

Bilder von Breslau tauchten wieder auf, ein endloser Flüchtlingsstrom, mitten darin Marie-Luise, und beharrlich schob sich in seinen Gedanken das Antlitz der Reisegefährtin dazwischen. Er sah

Hände Klavier spielen und dieselben Hände den Geigenbogen führen, doch es gelang ihm nicht, diese Bilder zu koordinieren. »Ein Stein«, dachte er, »fehlt in dem Mosaik.« Ein Stein? Aus seiner Erinnerung sprang plötzlich eine Szene heraus, die sich an jenem Abschiedsabend abgespielt hatte. Er sah, wie er seiner Braut eine Kette mit einem Onyxanhänger anlegte. »Welch wunderschöner Stein, Johannes!«, hatte Marie-Luise ausgerufen. »Er gehörte meiner Mutter«, hatte er geantwortet, »sie gab ihn mir für dich, du sollst ihn tragen.«

Verwirrt blickte Johannes auf. »Ich stamme aus Breslau«, sagte er leise, »Erinnerungen an meine Heimat haben mich überfallen, sie liegen mehr als ein halbes Jahrhundert zurück, und Ihre Kette erinnerte mich an ein Schmuckstück, das ich dort ... Aber das ist unwesentlich, verzeihen Sie!«

Er verstummte, doch seine Partnerin nahm den Faden nach Sekunden des Schweigens wieder auf. »Diese Kette«, sagte sie, »war die einzige Hinterlassenschaft meiner Großmutter. Man fand meine Mutter mit einem kleinen Lederbeutel um den Hals, der den Anhänger mit Silberkette sowie einen Zettel mit ihrem Namen und dem Datum ihrer Geburt enthielt.«

Johannes nickte, die Kehle war ihm wie zugeschnürt, die Kraft, sich aufrecht zu halten, drohte ihn zu verlassen, und nur langsam gewann er die Kontrolle über seine Gedanken zurück. Fieberhaft begann er zu vergleichen – unbewusst hatte er es die ganze Zeit schon getan. Er berechnete Daten und verwarf sie wieder. Welchen Beweis hätte er? Doch dann fiel sein Blick erneut auf das Schmuckstück, das in dem V-förmigen Pulloverausschnitt der jungen Frau ruhte, und blitzartig erkannte er, dass ein Irrtum ausgeschlossen war. Es handelte sich um dieselbe Kette, die er vor langer Zeit Marie-Luise geschenkt hatte, sie besaß eine deutlich sichtbare Lötstelle, und jetzt erinnerte er sich auch, dass er sie als kleiner Junge seiner Mutter vom Hals gezerrt hatte, sie zerrissen war und später wieder repariert wurde. Es war also durchaus möglich, dass er bis vor wenigen Jahren eine Tochter gehabt hatte und er in diesem Zugabteil seiner Enkelin ge-

genübersaß. Ihm schwindelte, doch er war nicht der Mann, der eine Situation nicht von allen Seiten beleuchtet hätte, der jedes Für und Wider erwog, auch verbot ihm die Scham, eine solche Vermutung hier und zu dieser Stunde auszusprechen.

Der Zug näherte sich langsam München. »Diese Kette allein«, dachte Johannes, »ist noch kein Beweis, auch die Ähnlichkeit kann zufällig sein. Ihren Namen muss ich wissen.« »Ich würde mich freuen, wenn Sie uns in München besuchten«, hörte er sich plötzlich sagen und zog seine Visitenkarte aus der Brieftasche, »meine Frau und ich leben sehr zurückgezogen, doch wir sind gern mit jungen Menschen zusammen«, und nach einer Weile fügte er leise hinzu: »Wir haben keine Kinder – leider.«

»Ich werde gern kommen – aber nicht anonym«, lachte die junge Frau und zog aus ihrer Handtasche ein Stück Papier und einen Stift heraus. Mit großen, runden Buchstaben schrieb sie langsam ihren Namen: Johanna Hollman-Debré.

Die Posaune Tut-ench-Amuns

von Melanie Winter

Kurzvita: geb. unweit von London. Aufgewachsen in Asien, England und Schottland. Seit 1963 wohne ich in Deutschland. Ich bin verheiratet, habe drei Söhne und arbeite als Hausfrau. Ich schreibe seit Jahren aus Leiden - schaft und veröffentliche bei mehreren Preisausschreiben Kurzgeschichten. Auch ein Roman ist fertig und gerade auf der Suche nach einem Verleger.

Als ich wieder zu mir kam, glaubte ich nur kurz geschlafen zu haben, weil Klaus Lohne noch immer reglos auf der Fensterbank saß und nach draußen sah. Aber jetzt glühte die untergehende Sonne über den Dächern im Westen – als ich eingenickt war, hatte sie außer Sichtweite hoch oben am Himmel gestanden. Meine Beine schmerzten, weil ich an die Wand gelehnt mit angezogenen Knien im Sitzen geschlafen hatte. Dann kehrte die Furcht zurück, und binnen Sekunden war meine Kehle völlig trocken. Nachdem ich mich etwas beruhigt hatte, sah ich Klaus Lohne genauer an. Die Wunde in seiner Schulter hatte sich noch immer nicht geschlossen, und der blutdurchtränkte Ärmel seines Oberhemds glänzte schwärzlich in der fortschreitenden Dämmerung. Er schien keinen Schmerz zu empfinden, obwohl die Kugel tief und fest in seinem Körper saß, denn zu keiner Zeit verzog er sein Gesicht. Nur ab und zu fuhr er mit der Zungenspitze über die dünnen Lippen, blinzelte, als wäre er erschöpft, und verfolgte weiterhin alles, was dort unten auf der Straße passierte.

Anfangs hatte ich ihn nicht erkannt, als er mit zwei Komplizen den Schalterraum betrat, weil er maskiert war. Grob war er gewesen, hatte den älteren Herrn, der gerade bedient wurde, zur Seite geschoben, eine Pistole aus dem Hosenbund gerissen und war mit einem gewaltigen Satz über den Bankschalter in den Kassenraum gesprungen. Er hatte die Kassiererin bedroht und ihr befohlen, die drei Sporttaschen, die seine Komplizen ihm zuwarfen, mit Geldscheinen zu füllen. Sie tat es rasch und ohne Widerstand zu leisten. Der ältere Herr, drei Bankangestellte, die auch im Schalterraum waren, und ich mussten uns wie Kriegsgefangene auf den Boden setzen und die Hände im Nacken verschränken.

Der Überfall war fast beendet, die drei Männer dabei, die Sparkasse zu verlassen, als ein Polizeiwagen mit Blaulicht draußen vor der Sparkasse hielt. Es kam sofort zum Schusswechsel und einem kurzen Handgemenge am Eingang. Klaus Lohne gelang es, sich abzusetzen und in den Schalterraum zurückzukehren, wo er mich mit vorgehaltener Waffe aufforderte, aufzustehen und ihn zum Büro des Filialleiters zu begleiten. Er schien zu wissen, dass es dort einen Nebenausgang gab, der zu einem kleinen Hinterhof führte. Der völlig verschreckte Filialleiter schloss bereitwillig die Tür auf, und Klaus Lohne verließ mit mir das Bankgebäude.

Noch im Hof riss er sich die schwarze Skimaske vom Kopf und warf sie hinter die Mülltonnen, die auf dem Hof standen, dann packte er meinen Arm und schob mich durch die kleine Passage zur Hauptstraße. Dort angelangt, rannte er nicht davon, wie ich es erwartet und erhofft hatte, sondern überquerte die Straße und ging ganz gemächlich auf der anderen Seite weiter. Ich musste neben ihm hergehen, als gehörte ich zu ihm; als wäre ich seine Frau oder seine Freundin. Niemand schien uns zu beachten, und schon nach wenigen Metern hielten wir vor einem Kaufhaus, um wie arglose Passanten Schaufensterauslagen zu betrachten, und da erkannte ich Klaus wieder. Sein festes, rotes Haar, seine Sommersprossen und die blasse Haut – schon seine gedrungene Figur und geringe Körpergröße hätten mich aufmerksam machen müssen. Auch seine Stimme, diese leise näselnden Laute, die er von sich gab, als er mit der Kassiererin sprach, hätten mich wachrütteln müssen. Ich kannte sonst niemanden, der so sprach.

Er wollte wissen, wo ich meinen Wagen abgestellt hatte, und ich sagte es ihm. Es war nicht weit. Er bugsierte mich dorthin, ließ mich öffnen, schob mich auf den Fahrersitz und setzte sich hinter mir auf die Rückbank. Ich musste ihn in die Friedrichstraße im Stadtteil Hohn fahren, wo er seine Wohnung hatte. Es ist ein schäbiges Viertel mit vielen heruntergekommenen Wohnhäusern aus der Vorkriegszeit.

Ich hoffte, dass er mich nicht auch wiedererkennen würde, obwohl es mir sehr unwahrscheinlich schien, weil ich, wie damals schon, als Klaus Lohne und ich die Hauptschule in Notscheid besuchten, ein unscheinbares Wesen bin – weder hübsch noch hässlich, weder stark gebaut noch besonders mager, weder blond noch brünett. Ich besitze keine auffälligen Merkmale, nichts, was mich von der breiten Masse abhebt. Sogar meine Art zu sprechen und mich zu bewegen ist gewöhnlich.

Ich stellte den Wagen auf einem Parkplatz unweit der Friedrichstraße ab und betrat mit Klaus Lohne einen mehrstöckigen Altbau mit dreckigen Fenstern und beschmierten Wänden. Im Hauseingang stank es nach Abfall und Urin und kaltem Küchendunst. Wir stiegen in den dritten Stock, und Klaus schloss die Wohnungstür auf. Er schob mich hinein und den Flur entlang ins Wohnzimmer, das er hinter sich abschloss. Als er die dunkle Nylonjacke auszog, sah ich, dass er verletzt war. Blut quoll aus einer Wunde in seiner linken Schulter. Er kümmerte sich nicht darum, bat mich auch nicht um Hilfe, sondern warf die Jacke einfach auf den Boden und setzte sich auf die breite Fensterbank, von wo aus er die Straße beobachten konnte. Im Raum befanden sich ein zerschlissenes grünes Cordsofa und ein Tisch, der mit Kaffeeresten und kleinen Brandflecken übersät war. Ein größeres Bücherregal stand an der Wand gegenüber, aber Bücher waren nicht darin, nur ein Radio und Gläser, ein paar abgegriffene Zeitschriften und mehrere Aschenbecher. Einen Teppich gab es nicht und keine Vorhänge, kein Bild, nicht einmal eine Fotografie aus besseren Tagen zierte die Wand, nur eine alte, inzwischen sehr schmuddelige Tapete, aber ein scheinbar nagelneuer Fernseher stand auf einer niedrigen Kommode neben dem Fenster.

Ich musste mich an die Wand neben der Wohnzimmertür setzen, und während ich darauf wartete, dass irgendetwas geschah, schlief ich unerwartet und unvermittelt ein. Nun war ich wieder wach, und es war nichts geschehen. Klaus fragte mich, ob ich Hunger hätte. Starr vor Angst sah ich zu Boden und schüttelte nur den Kopf. Damals,

als er zu uns nach Hause kam, um die Hausaufgaben mit mir zu machen, hatte er mich immer gefragt, ob ich hungrig wäre, und meine Mutter machte uns heiße Suppe und einen Teller mit belegten Broten, die Klaus dann ganz allein aufaß. Er war ein miserabler Schüler, der seine Hausaufgaben nur deshalb machte, weil sein Vater ihn sonst verprügelte. Und zu mir kam er nur, weil ich in seiner Nachbarschaft wohnte, und weil ich, obwohl auch nur eine mittelmäßige Schülerin, bereitwillig meine dürftigen Kenntnisse mit ihm teilte. Und weil meine Mutter weichherzig war und ihm belegte Brote vorsetzte. Seine eigene Mutter war bei seiner Geburt gestorben, erzählte er einmal, obwohl das nicht stimmte. Meine Mutter sagte, sie sei mit einem Liebhaber durchgebrannt, als er sehr klein war, und habe sich nie wieder bei ihm oder seinem Vater blicken lassen. Aber aus seiner Sicht hätte sie genauso gut tot sein können, und so habe ich mich nie mit ihm darüber gestritten. Er hatte den Schulabschluss mit Mühe geschafft und war kurz darauf mit seinem Vater nach Neuwied gezogen, um dort eine Lehrstelle zu suchen. Ich habe ihn nie wieder gesehen – auch nicht zufällig, wenn ich in der Stadt einkaufte. Zwanzig Jahre sind inzwischen vergangen, und in dieser Zeit habe ich keinen einzigen Gedanken an ihn verschwendet.

Ich sah ihn wieder an, wie er dort drüben auf der Fensterbank hockte, die Arme um die angewinkelten Beine geschlungen, als würde er frieren. Vielleicht fror er wirklich, des Blutverlusts wegen. Er war auch sehr blass und schien Mühe zu haben, die Augen offen zu halten. Dann bat er mich, nach nebenan in die Küche zu gehen und ihm etwas zu trinken zu holen. Etwas Kaltes aus dem Kühlschrank. Ich gehorchte wortlos und mied seinen Blick, der nun etwas hektisch wirkte.

Die Küche war kaum besser eingerichtet als das Wohnzimmer und genauso verdreckt. Es war wohl seit einigen Tagen nicht mehr gespült worden – schmutziges Geschirr türmte sich im und neben dem Spülstein. Etwas überrascht entdeckte ich eine Plastikkiste mit Kinderspielzeug auf der Waschmaschine. Im Kühlschrank stand eine Flasche mit einem Rest Cola, ein Trinkglas fand ich in der kleinen Anrichte. Die abgestandene Cola plätscherte wie Leitungswasser aus der Flasche. Ich sah mich nach etwas anderem um, aber außer einigen leeren Flaschen in einem Kasten in der Ecke gab es nichts. Ich ging zurück ins Wohnzimmer und gab Klaus das Glas. Er nahm es, ohne mich anzusehen. Der starke Geruch frischen Blutes stieg bei der Bewegung auf und mir wurde plötzlich schlecht. Nicht nur der Ärmel, auch die Vorderseite seines Hemdes und der obere Teil seiner Jeans waren inzwischen blutdurchtränkt.

Seine Pistole lag achtlos zwischen seinen angewinkelten Beinen, und ich hätte sie ohne weiteres mit einem gezielten Griff an mich nehmen können. Aber ich wusste nicht damit umzugehen, wusste nicht, ob sie entsichert oder überhaupt geladen war. Bislang war alles gut gegangen und ich hegte die vage, vielleicht gar dümmliche Hoffnung, dass es am Ende auch gut ausgehen würde. Auf jeden Fall erschien es mir töricht, die zweifellos vorhandene Gewaltbereitschaft meines Geiselnehmers herauszufordern, der, körperlich und psychisch sichtlich am Ende, wohl zu allem fähig war. Ich ging zurück zu der Stelle, an der ich bis vor kurzem geschlafen hatte, und setzte mich wieder hin.

Er trank das Glas leer, während er nach unten auf die Straße schaute, dann sagte er: »Wo kommst du eigentlich her?«

Ich überlegte, ob ich ihn belügen sollte, damit er nicht doch darauf kam, wer ich sei, aber wagte es nicht und sagte: »Aus Sankt Katherinen.«

»Kenn ich«, sagte er. »Hab als Kind dort oben in Notscheid gelebt und bin in Sankt Katharinen zur Schule gegangen. War eine schöne Zeit eigentlich, manchmal wenigstens.«

Er stellte das Trinkglas vor sich ab und stöhnte leise, weil die kleine Bewegung irgendeinen Schmerz auslöste. Sein rotes Haar glänzte kupfern im rötlichen Licht der untergehenden Sonne, die über dem Dachfirst des gegenüberliegenden Hauses schwebte.

„Du bist doch verheiratet, nicht wahr?«, sagte er und sah auf meinen Ehering. »Hast du auch Kinder?«

„Zwei Söhne«, erwiderte ich. »Die uns viel Freude machen.«

»Ich hab noch nie jemandem Freude gemacht, glaub ich. Meine Frau ist vor fünf Wochen mit unserem Jungen abgehauen. Ohne ein Wort.

Na ja, Worte haben wir vorher genug gewechselt, weil ich keine Arbeit mehr hatte.« Er hielt inne und lachte verlegen, wie damals, wenn meine Mutter mit der Suppe und dem Teller mit den belegten Brötchen anrückte. »Das ist mein eigentliches Problem, weißt du. Ich trinke nicht, ich rauche ja nicht einmal, wie du vielleicht gemerkt hast, aber ich halte es nirgendwo lange aus. Ich gebe mir Mühe – ein, zwei Monate, aber irgendwann kommt es wieder in mir hoch und ich muss mich mit dem Chef oder dem Vorarbeiter anlegen, weil mir irgendwas nicht in den Kram passt. Blödheit ist das, aber es wird nur schlimmer, wenn ich es unterdrücke. Doch niemand lässt sich auf Dauer solches Gemeckere gefallen, und so ist es nur eine Frage der Zeit, bis ich fliege. Zuletzt lebte ich nur noch von der Stütze, weil ich laut Arbeitsamt nicht mehr vermittelbar war. Nicht einmal beim Straßenbau wollte man mich haben, wo du erst den Polier mit Pflastersteinen bewerfen musst, bevor man dir deine Papiere gibt.« Er seufzte und drückte seine Wange gegen die Fensterscheibe, als wolle er sie kühlen. »Ich weiß, ich bin selber schuld – hat mir Elke jahrein, jahraus gepredigt. Weiß der Teufel, wieso sie es so lange bei mir aushielt. Nun ist sie aber fort und das Alleinsein hab ich schlecht vertragen. Da kam ich ins Grübeln und verfiel auf die Idee mit dem Banküberfall. Hinterher wollte ich irgendwo in Mexiko untertauchen, eine Hütte am Meer und ein kleines Boot kaufen, um zum Fischen hinauszufahren. So was hat mir immer schon vorgeschwebt. Mit 20.000 Mark wäre ich bis an mein Lebensende ausgekommen. Zwei Kumpel, die mitmachten, waren schnell gefunden, aber wie du gesehen hast, ging's schief.« Er hielt wieder inne und sah mich seltsam an mit nunmehr glasigen Augen. »Kennst Du die Sache mit Tut-ench-Amuns Posaune?«

Erstaunt erwiderte ich seinem Blick, denn es wollte mir nicht in den Kopf, dass einer wie Klaus Lohne wusste, wer Tut-ench-Amun gewesen war. Ich selber kannte ihn ja auch nur aus den Geschichtsbüchern meiner Söhne.

»Unter den Schätzen aus seiner Grabkammer befand sich eine silberne Posaune«, fuhr Klaus fort. »Das war 1923. Sechzehn Jahre später beschloss man, sie endlich einmal auszuprobieren – man war ja neugierig und wollte einfach wissen, wie das dreitausend Jahre alte Instrument klang. Eine Tonaufnahme wurde vorbereitet und ein erfahrener Posaunist bestellt, um etwas vorzuspielen. Zwei Töne nur brachte er zustande – zwei herrliche, reine Töne, einen tiefen und einen höheren. Dann zersprang die Posaune in tausend Stücke.«

Er lächelte, während er mich ansah, griff in die Brusttasche seines Hemdes, zog den Zimmerschlüssel heraus und legte ihn mit zittrigen Fingern zu dem Glas und der Pistole auf die Fensterbank. »Ich bin sehr müde«, murmelte er.

»Du wirst sicher sterben, wenn du nicht bald ins Krankenhaus gehst. Du hast schon eine ganze Menge Blut verloren.«

»Weiß ich. Ist aber egal.«

»Egal? Willst du denn sterben?«, fragte ich erschrocken.

»Eigentlich nicht, aber wenn du nichts mehr hast, was dir genommen werden kann, fragst du dich, was das Ganze soll.« Er brach plötzlich ab und schüttelte den Kopf.

Aber was sollte ich da antworten? Es fiel mir nichts ein, das es wert wäre, gesagt zu werden.

»Ich hab noch eine Bitte«, fuhr er leise fort. »Könntest du dich auf die Couch setzen und noch eine Weile hier bleiben? Nur solange, bis ich fest schlafe. Dann kannst du tun, was du für richtig hältst – nach Hause fahren oder zur Polizei gehen. Würdest du das für mich tun?«

Ich gab ihm keine Antwort, kam aber seiner Bitte nach und setzte mich auf die zerschlissene grüne Couch. Von dort aus beobachtete ich die Sonne, die ihren Lauf gerade beendete und einen metallisch glänzenden Abendhimmel zurückließ. Manchmal sah ich zu Klaus hinüber, der noch immer reglos zusammengekauert auf der Fensterbank hockte. Er sprach nicht mehr zu mir, gab überhaupt keinen Laut mehr von sich. Als draußen die Straßenbeleuchtung aufflammte und das Zimmer in strenge, rautenförmige Flächen von hell und dunkel aufteilte, stand ich auf und holte den Schlüssel vom Fensterbrett. Ohne zu wissen, warum ich es tat, streckte ich meine klamm gewordene Hand aus und berührte Klaus Lohnes festes, rotes Haar. Dann öffnete ich die Tür und verließ das Haus.

Und Maria lächelt

von Klaus Zillessen

Kurzvita: geb. in Hengelo/Niederlande, evangelischer Pfarrer in Bochum und Kirchzarten, Dekan in Waldshut, seit 1995 im Ruhestand in Ettenheim. »... und Maria lächelt« ist die jüngste von einigen Weihnachtserzählungen, die ich im Laufe der Jahre für Seniorenkreise, Gemeindegruppen, Kinder und Enkel schrieb.

Walti hatte schon bessere Tage gesehen. Viel bessere. Aber eines Tages war er abgehauen, hatte Platte gemacht. Ein Berber wie andere, in weit ausgeleiertem Mantel, mit Pudelmütze, kaputten Schuhen und zwei unförmigen Plastiktaschen.

Heute, am 21. Dezember allerdings, war diese Lebensphilosophie ungemütlich: Nebel, wenig schmutziger Schnee, die Kälte, die durch alle Fäden kroch. Bewegung war das Einzige, was half. Und ein Schluck aus dem Flachmann. Walti verließ das Städtchen, nahm den schmalen Steig hügelauf durch die Weinberge zum Waldrand. Dann weiter auf gewundenen Forstwegen die Randschwarzwaldberge hinauf. Zwei oder drei Stunden Fußmarsch.

Natürlich war das unvernünftig. Die Bewegung tat zwar gut, aber eigentlich war er ja auf die Stadt angewiesen, auf Menschen, die ihm etwas zusteckten (»Hamse nicht 'ne Mark für mich?«) und auf die warmen Kaufhäuser – bis man hinausgeschickt wurde. Dann die Zahlstelle des Sozialamtes für den Tagessatz und die Wärmestube der Diakonie mit der lästigen Betulichkeit der Profisamariterinnen. Aber warum lief er immer weiter? Aus Trotz? Oder war eine Spur Nostalgie dabei, Erinnerung an die Heiligabendspaziergänge alle Jahre wieder mit seiner Frau vor der Christvesper und Bescherung – früher einmal? Oder wollte er ausprobieren, ob er den Mumm aufbrächte, Schluss zu machen, irgendwo im Wald oben, wo man ihn erst im Frühjahr fände?

Er ging weiter, und inzwischen begann es zu dämmern. Fast instinktiv hielt er nach einem Schlafplatz Ausschau. Da war doch weiter unten noch auf einem Holztäfelchen eine Holzarbeiter- oder Wanderhütte angezeigt gewesen. Nach einigen Irrwegen – er wollte schon fast die Suche aufgeben – entdeckte er sie. Das schneeüberzuckerte Schindeldach zwischen den Fichten, das schwarzbraune Holz der Außenwände, die giftgrün gestrichenen Fensterläden. »Altdorfer Hütte, Höhe 479«, las er auf dem Täfelchen über der Tür. Er drückte die verbogene Klinke. Zu. Wie erwartet. Und dennoch enttäuschend. Die Fensterläden schienen gut gesichert. Was nun, Walti?

Auf dem Täfelchen waren noch Pfeile zu entdecken: rechts zum Helgenstöckle, links zur Kapelle, 250 Meter. Wenn die Hütte schon verschlossen war, dann doch wohl die Kapelle erst recht. Dennoch; 250 Meter – man kann's ja versuchen.

Jetzt stand er davor, ging die drei Stufen hinauf. Zu seinem Erstaunen ließ sich die Tür öffnen.

Als erstes sah er das rote Plastikwindlicht, das seitlich auf dem Marienaltar hinter dem Schmiedeeisengitter brannte. Dann, als die Augen sich ein wenig an die Dunkelheit gewöhnt hatten, rechts und links entlang der Seitenwände je eine einfache, schmale Sitzbank, eher an Biergartenmobiliar erinnernd als an Kirchengestühl. Aber immerhin plüschgepolstert. Er ließ sich auf die nächste der beiden Bänke plumpsen, wischte sich mit dem schmutzigen Taschentuch den Schweiß ab, zog aus der Manteltasche seinen Flachmann heraus und nahm einen kräftigen Schluck zur Brust. Hier war also für heute Nacht sein Quartier.

Ein Weihnachtsbäumchen stand rechts, sogar mit bunten Kugeln, goldenen Lamettabündeln und Stearinkerzen geschmückt. Er zögerte, dann zog er aus einer seiner Taschen das Feuerzeug heraus und entzündete die Lichter. Schließlich war in wenigen Tagen Weihnachten. Und vielleicht wärmten die 16 Flämmchen sogar ein wenig. Zwei Grad mehr, das wäre doch schon was.

Er warf einen raschen Seitenblick auf die Marienfigur vorn. Auf dem Sockel las er halblaut: »Gegrüßet seist du, Maria.« Dann schaute er dem Marienbild ins Gesicht. Gips, bonbonfarben wie die ganze Figur. Ein süßliches Lächeln um den Mund. »Na, ein Kunstwerk bist du nicht gerade. Trotzdem: Sei gegrüßt, Maria. Wenn ich hier bei dir übernachten darf und du mir gratis einen Christbaum stellst, sollst du mir recht sein.«

Während er noch einen Schluck aus seiner Flasche nahm, ging ihm durch den Kopf: »Gegrüßet seist du, Maria – hatte das nicht damals ein Engel gesagt? Einen schönen Engel hast du dir heute Abend angelacht!«, murmelte er mit einem Seitenblick auf die Marienfigur. Das Marialächeln kam ihm jetzt gar nicht mehr ganz so erstarrt und süßlich vor, eher ein bisschen spitzbübisch. Oder spöttisch? Immerhin nicht ganz unfreundlich.

Mit einem Mal wurde ihm bewusst, wie kaputt und müde er von dem ungewohnten Marsch geworden war. Dennoch fühlte er sich fast wohlig vom Alkohol, Kerzenschein und der Figur, mit der sich Freundschaft anzubahnen schien.

Zum Schlafen war die Bank zu schmal. Aber wenn er die von der anderen Seite herüberzog und daneben stellte, dann mochten das 60 oder 70 Zentimeter Breite werden. Das musste reichen. Er lockerte die Schnürsenkel, dann legte er sich längelang auf seine Doppelbank. Sein Magen knurrte. Und mit einem vorwurfsvollen Blick auf Maria murmelte er: »Die Hungrigen sättigt er mit Gutem – hast du das nicht mal behauptet?«

Unter dem geheimnisvoll spitzbübischen Lächeln Marias schlief er ein. Die Nacht war ruhig. Nur einmal, als er die Lage wechseln und sich auf die andere Seite drehen wollte, gab's ein ziemlich pietätloses Gepolter und Fluchen: Die eine der beiden Bänke war umgekippt und das eingemummelte Menschenpaket unsanft auf dem Boden gelandet. Die Kerzen waren schon fast abgebrannt, aber das spöttische Lächeln der Marienfigur nicht zu übersehen. Als wenn sie sagen wollte: »Siehst du? Er stößt die Gewaltigen vom Stuhl – auch unsern gewaltigen Walti!« Der schob die Bänke wieder zusammen und legte sich schmollend hin, mit dem Gesicht zur Wand.

Als er erwachte, waren die Kerzen am Bäumchen längst erloschen. Nur das erste Plastikwindlicht flackerte noch. Durch das Kapellenfenster fielen erste Sonnenstrahlen. Beißende Kälte kroch die Füße, Beine und Arme hoch. Er konnte sich kaum bewegen. Schade: Das

Weinbrandfläschchen war leer. Selbst das Lächeln der Marienfigur schien jetzt gefroren und erstarrt.

Walti versuchte mühsam, sich aufzurappeln. Da hörte er draußen Stimmen und Schritte sich nähern. Die Tür ging auf. Drei Forstarbeiter standen vor ihm. Sie hatten seine Spuren von gestern Abend im Schnee gesehen, Spuren, die in die Kapelle, aber nicht mehr hinaus führten, und hatten sich entschlossen, nach dem Rechten zusehen. Der jüngste der drei funkelte Walti unfreundlich an: »Das hat man gern: Landstreicher, die Dreck und Ungeziefer in unsere Kapelle bringen!«

»Und die Kerzen am Baum vorzeitig abbrennen«, ergänzte der zweite barsch. Der älteste der drei Waldarbeiter aber legte seine Hand besänftigend auf den Ärmel seines Kameraden: »Lass man, der arme Kerl – irgendwo muss man ja über Nacht bleiben.« Dann half er dem Steifgefrorenen auf die Beine. »Komm mit in unseren Forstbauwagen drüben. Da bullert schon das Kanonenöfchen, und ein Frühstück mit heißem Kaffee werden wir für dich auch noch haben.« Als Walti hinter den anderen als Letzter die Kapelle verließ, warf er noch einen Blick zurück auf das Marienbild. Jetzt lächelte sie wieder wie gestern Abend. Sie lächelte, als wollte sie sagen: »Siehst du? Die Hungrigen sättigt er mit Gutem. Er gedenkt seiner Barmherzigkeit und hilft – seinem Walti auf die Beine.«

Danksagung

Dieses Buchprojekt ist durch die Arbeit und das Zusammenwirken vieler Menschen entstanden. Unser ganz besonderer Dank gilt den Autoren des Wettbewerbs ›Schreiben Sie Geschichte(n)‹, deren Beiträge leider nicht alle in diesem Buch Platz gefunden haben. Das Gedichtete, Gereimte und Gestaltete hat allen Beteiligten viel Freude bereitet und findet hoffentlich noch an anderer Stelle ein breiteres Publikum. Anerkennung zollen wir auch der Jury, welche die schwierige Aufgabe hatte, sich aus der großen Zahl der Einsendungen für dreißig Geschichten zu entscheiden. Die Bewältigung der vielen Einsendungen wäre nicht ohne die Unterstützung von Ariane Hartmann und Rosemarie Howe möglich gewesen, denen wir daher besonders verbunden sind. Dank gebührt auch dem Verlag ›Books on Demand‹, der dieses Buch kostenlos druckt und damit ermöglicht, dass der Erlös aus dem Verkauf des Buches dem Verein ›Neues Wohnen im Alter e.V.‹ zugute kommt.

Umschlaggestaltung

Kusmierz, Karin: wohnhaft in Schwerte. Ich bin Hausfrau und Mutter von zwei erwachsenen Kindern. Ich fotografiere leidenschaftlich gerne und nehme mir viel Zeit für meine Hobbys - das Schreiben, Fotografieren, Malen und Lesen.